Keine Leiche, keine Kohle...

Für Lilli, unsere schwarze flauschige Halb-Norwegerin auf vier
samtigen Pfoten,
die als leidenschaftliche Freigängerin bisher alle gefährlichen
Situationen draußen überlebt hat.

Manfred Schloßer

# Keine Leiche, keine Kohle...

Kriminalroman

# Der Autor

**Manfred Schloßer,** geboren 1951 in Selm, machte die klassische westfälische Ruhrgebiets-Karriere, als er an der Lippe in Datteln, an der Emscher in Dortmund und an der Ruhr in Hagen wohnte, der Stadt, über die es Anfang der 80er Jahre während der Musikphase der „Neuen Deutschen Welle" hieß: „Komm nach Hagen, werde Popstar...", als Nena und Extrabreit von Hagen aus die Welt eroberten. Zwar gründete er mit Freunden dort die Musikgruppe Vogelfrei, wurde aber nie Popstar, blieb aber trotzdem in den letzten 30 Jahren in Hagen wohnen, zusammen mit seiner langjährigen Lebensgefährtin und seit 2007 auch Ehefrau Petra und der gemeinsamen Katze Lilli.

Nach Ferienjobs als Holzplatz-Arbeiter auf'm Pütt oder beim Silobau folgten die „staatlichen Pflichtaufgaben" als fallschirmjagender Soldat und Zivildienstleistender.

In seinen drei erlernten Berufen kam das „magische Ruhri-Wissenschaftsdreieck" der Bochumer Ruhr-Universität (Sozialwissenschaften), der Hagener (Sozialarbeit) und der Dortmunder Fachhochschule (Sozialpädagogik) zum Vorschein, zumal er dann mit seinen drei Diplomen auch noch viel besser jonglieren konnte...

Zur Belohnung durfte er sein Geld als Leiter eines Abenteuerspielplatzes, dann eines Jugend- und später eines Jugendinformationszentrums verdienen und danach bis heute in einer Betreuungs-Behörde arbeiten.

Der Autor legt jetzt mit dem vorliegenden Roman „Keine Leiche, keine Kohle..." den dritten Teil seiner Danny-Kowalski-Trilogie vor. In den bisherigen zwei Romanen wurde bereits über das Reisen in „Straßnroibas" (2007) und über das Leben und die Liebe in „Spätzünder, Spaßvögel & Sportskanonen" (2009) philosophiert…

Weitere Informationen im Internet: http://www.petmano.jimdo.com/

## Bibliografische Information der Deutschen Nationalbibliothek

Die Deutsche Nationalbibliothek verzeichnet diese Publikation in der Deutschen Nationalbibliografie; detaillierte bibliografische Daten sind im Internet über http://dnb.d-nb.de abrufbar.

© 2011 **Manfred Schloßer**
Satz, Umschlaggestaltung, Herstellung und Verlag:
Books on Demand GmbH, Norderstedt
ISBN 978-3-8423-2009-3

*Das Leben meint es gut mit Dänen und denen, denen Dänen nahe stehen...*

Deutscher Schlager (aus den 60er Jahren des 20. Jahrhunderts)

*Moderne tiders ungdom er fyldt med pjank og fjas.*
*De burde vaere moderne nu at vaere gammeldas:*
*se nu de stakkels piger, som nu om stunder faar*
*ved aegteskabet en aegtemand paa tyve aar.*
*Det fik vi ikke i halvfemserne,*
*vi maatte ta methusalemserne...*
*Killes igen, nej tak!*
*Det fik vi ikke i halvfemserne,*
*vi maatte ta methusalemserne...*

Dänischer Schlager (aus den 70er Jahren des 20. Jahrhunderts)

mit der ungefähren Übersetzung:
*»Die moderne Jugend ist voller Unsinn und Schabernack.*
*Jetzt soll das wieder modern sein, altmodisch zu sein:*
*das haben sie nun davon, die armen Mädchen,*
*wenn sie die Chance haben,*
*einen Ehemann schon mit zwanzig Jahren zu heiraten.*
*Das kriegten wir nicht in den 90ern,*
*da mussten wir erst Methusaleme werden…*
*Sofort wieder eine Scheidung, nein danke!*
*Das kriegten wir nicht in den 90ern,*
*da mussten wir erst Methusaleme werden…«*

(gemeint waren hier die 90er Jahre des 19. Jahrhunderts)

# Inhalt

# Prolog

**Hagen.** (iza) *»Im Garten des Floristen-Ehepaares G. auf Emst wurden blutige Kleidungsstücke des verschwundenen Thomas G. gefunden. Die Jeans-Hose und das modische weißgrundige Oberhemd mit farbenfrohen Motiven wiesen eindeutig menschliche Blutflecke auf. Vom vermeintlichen Opfer Thomas G. jedoch fehlt nach einer Woche immer noch jedwede Spur, wie die Hagener Kriminalpolizei aus der Zentrale auf der Hoheleye mitteilte.«*

Westfälische Rundschau, aus dem Lokalteil der Samstagsausgabe vom 28.06.1986

# Personenverzeichnis:

**Thomas »Tommy« Gölzenleuchtner** liebte Jyttes Blumen nicht, dafür aber ihr gemeinsames Kätzchen Lilli, seine Reisen in ferne Länder und seine Freiheit sowieso

**Lilli** hieß Gölzenleuchtners schwarze Katze, hatte ein weißes Lätzchen, war scheu, aber neugierig und liebte ebenfalls ihre Freiheit

**Jytte Gölzenleuchtner** liebte ihre Katze und ihre Blumen, aber nicht nur die

**Inger-Lise Hansen**, Jyttes Schwester in Dänemark, liebte ihren Hund Tjam und ihren Mann Bjarne sowieso

**Carola Fürstmann** liebte Blumen und solche, die Blumen lieben, aber auch solche, die Blumen nicht lieben

**Charly »Mesche« Meschede** liebte die schönen Dinge des Lebens, die man für Geld kaufen konnte, und wurde deshalb auch nur von wenigen anderen geliebt

**Maik Wulling** war Schweißerlehrling und liebte seine Freundin Carola sehr, aber nicht ihr Bedürfnis nach Freiheit, und Katzen schon gar nicht

**Heinz Bandura** war Hauptkommissar am Hagener Polizeipräsidium Hoheleye, leitete die Abteilung für Kapitalverbrechen, war begeisterter Fußball-Fan, glaubte aber ansonsten an gar nichts

**Thorsten Bülow** interessierte sich schon immer für Fußball und hatte zudem noch einen guten Ausblick von seinem Balkon auf den Garten der Gölzenleuchtners

10

**Julia Finkensiep** war Banduras neue Kollegin, Kommissars-Anwärterin bei der Hagener Kripo und liebte ebenfalls Katzen

**Bodo »Chefe« Zeterlich** war Abteilungsleiter der Versicherungsfirma Milan, wusste von den Dänischkenntnissen seines Untergebenen Kowalski, nicht aber von dessen Freiheitsliebe

**Danny Kowalski** war Mitarbeiter der Rechtsabteilung für Lebensversicherungen der gleichen Versicherungsfirma Milan, liebte Katzen und Blumen und die, die Katzen und Blumen lieben, aber auch die, die Freiheit lieben, und stand daher vor einer gewissen Entscheidung

**Harry Kreuzer** war ein alter Freund von Tommy, liebte aber eher Reisen in heimatliche Gefilde

**Carlos Brambauer** war ebenfalls ein alter Kumpel von Tommy und liebte wie er Reisen in ferne Länder

**Mike Chen** hieß der junge Inhaber des China-Imbisses »Ducks and Rice« in Santa Cruz, Kalifornien, und meinte, jemand wieder erkannt zu haben

**Charmaine Neville** liebte ihre Stadt New Orleans, ihre Musik und natürlich ihre Brüder, die Neville Brothers

**Aaron Neville** war einer dieser Neville Brothers, ein Schrank von einem Kerl, aber ein hochsensibler Sänger, der auch ein Herz für weiße Brothers hatte

**Ma Linge Chen** hieß der Cousin von Mike Chen, war Hotelmanager in Taipeh und kannte sich aus mit Langnasen

**Fritz und Bert,** die deutschen Pioniere im thailändischen Khao Lak, waren selber Langnasen und erlebten unterschiedliche Schicksale

# 1986

# Teil 1 - Heimspiele in Westfalen

*»Komm nach Hagen,*
*werde Pop-Star…«,*
*sangen Extrabreit Anfang der 80er Jahre,*
*als in der Neuen Deutschen Welle die*
*Startlöcher für spätere Stars wie Nena*
*und Extrabreit in Hagen lagen…*

## Tommy Gölzenleuchtner

Es kam zu diesem blutigen Zusammenstoß, als ein fremder Mann auf Gölzen-leuchtners Grundstück eindrang. Tommy ertappte ihn dabei, wie er sich neben dem Haus mit einem großen Messer am Hinterleib einer schwarzen Katze zu schaffen machte. Es sah aus, als wollte er sie kastrieren. Mit großer Sorge und Wut rannte Tommy hinzu, um die Katze aus den Händen des Unmenschen zu retten. Laut schreiend kam er näher, so dass er den Fremden bei seinem blutigen Vorhaben aufhielt. Dabei bestätigte sich Tommys Sorge: »Boah, es ist ja wirklich unsere kleine Lilli!« Er erkannte sie am weißen Lätzchen, also einer weißen Zeichnung am Hals des ansonsten schwarzen Fells, als sie sich mit schreckensweit geöffneten Augen in den derben Händen des Unholdes wand und Tommy dabei ihr Köpfchen zudrehte. »Die ist doch schon längst kastriert!!«, schrie er dem dunkelhaarigen Fremden zu, so dass dieser mit dem Messer von Lilli abließ. Der Fremde hielt das kleine flauschige Wesen mit seiner linken Hand am Nackenfell, so dass Lilli reflexartig in Starre verfiel. Mit seinem großen Küchenmesser hatte er sie an den Hinterbeinchen verletzt, so dass die Innenseiten bluteten. Wutentbrannt sprang Tommy auf den mas-sigen Fremden zu, um seinen Liebling zu retten. Dabei dachte er: »Da reicht mir noch nicht mal ne Anzeige gegen diesen brutalen Menschen. Ich will ihn bluten sehen. Ich schneid ihm am besten gleich seinen Schwanz ab, damit er mal spürt, wie das ist…!«

Es kam zu einem Handgemenge, wobei Tommy den Vorteil der Überraschung auf seiner Seite hatte. Der Fremde dagegen hatte ein gefährliches Messer in seinen Händen, das er auch skrupellos zu seiner Abwehr einsetzte. Er erwischte Tommy durch das weite Oberhemd hindurch am Oberkörper. Und Tommy blutete aus einer Schnittwunde an der linken Körperseite ,wie die Sau'. Tommy, ein geübter Tae Kwon Do-Kämpfer, reagierte auf diesen Angriff reflexhaft, sein rechtes Bein schoss sichelförmig nach vorn, und der rechte Fuß landete mit seinem Spann einen Volltreffer am Kopf des Katzenschänders. Der konnte sich eigentlich nicht beschweren, dass er nur mit einer schweren Gehirnerschütterung davon kam. Denn solch ein Tritt kann auch leicht mal tödlich ausgehen, wenn er den Gegner z.B. etwas tiefer an der Halsschlagader getroffen hätte. Da hatte sich das jetzt endlich mal für Tommy ausgezahlt, dass er Mitte der 70er Jahre zusammen mit seinem Freund Manfred ein Semester Taek Kwon Do im Sportinstitut der Ruhr-Uni Bochum belegt hatte. Der Katzenquäler war erst einmal ausgeschaltet und lag regungslos auf dem Plattenweg.

Tommy kümmerte sich zunächst lieber um seine Katze Lilli und hob sie vorsichtig an. Dabei barg er ihre verletzten Hinterbeinchen in seinem eh schon farbenfrohen Oberhemd und trug sie in den hinteren Teil des Gartens, wobei er sie unablässig streichelte und ihr beruhigende Worte zuflüsterte. Das zeigte auch bald Wirkung, so dass die vorher vor Angst angelegten Öhrchen sich wieder aufrichteten und das gesträubte Fell sich langsam wieder glättete. Doch das Takeo-Hemd von Tommy bekam jetzt noch zwei neue Rotschattierungen extra: Katzenblut und Menschenblut. Dabei lag der rote Lebenssaft von Tommy mit etwa 5 : 1 gegen Lillis paar Blutstropfen in Führung, jedenfalls was die Musterfärbung auf Tommys Designer-Hemd anbetraf.

Im hinteren Teil des Gartens befand sich ein hölzernes Gartenhäuschen und darin ein weich ausgepolstertes Körbchen für Lilli. Tommy legte sie vorsichtig dort hinein. Ihr war anscheinend nichts Schlimmeres außer ein paar kleineren Schnittwunden passiert. Jedenfalls machte sie vorsichtig ein paar Schritte im

Gartenhäuschen, erschnupperte dabei die eigenwillige Geruchsmischung von Stroh und Hornspänen, legte sich dann ins Körbchen, leckte ihre Wunden und kugelte sich schließlich in ihrer weichen Bettstatt zusammen.

Jetzt erst begann Tommy ein kurzes Resümee an seinem eigenen Körper: er knöpfte das Blut getränkte Oberhemd auf und zog es sich vorsichtig über seine linke immer noch blutende Seite aus. Da es in Gartenhäuschen recht muckelig warm war, entledigte er sich auch seiner ebenfalls blutbefleckten Bluejeans. Er nahm sich vor, die Kleidungsstücke später mit Gallseife und kaltem Wasser zu waschen, um die Blutflecke wieder rauszubekommen. Deshalb legte er sie auf die Gartenbank draußen vor dem Holzhaus.

Tommy schaute sich seine klaffende Schnittwunde an: sie blutete weiterhin stark. »Oh Gott, ich verblute,« dachte er, wurde dabei kreidebleich und ließ sich auf die Holzbank vor dem Gartenhäuschen fallen. Dabei schnappte er sich sein Oberhemd und presste es gegen die Wunde, um die Blutung zu stoppen…

## Lilli

»*Das gibt's doch nicht*«, beklagte sich Lilli, »*da spaziere ich hier nur wie jeden Tag durch mein Revier, ahne nichts Böses, da kommt auf einmal dieser fremde Mann in meinen Garten und packt mich am Schlafittchen. Aua, das tut weh, du blöder Wüstling!*«

Lilli wehrte sich mit Pfoten und Beinchen und hatte ihm auch schon mit ihren scharfen Krallen ein paar deftige Blutstriemen am Unterarm verpasst. Als sie dann auch noch das gefährlich aufblitzende große Küchenmesser in der rechten Hand des Mannes sah, wand sie sich in Todesangst in den derben Händen des Unholdes, und ihr kurzes Leben lief im Zeitraffer an ihr vorbei:

»*Da wurde mir als kleines Kätzchen zweimal von meinem großen Baum runtergeholfen, weil ich alleine nicht mehr runter kam. Da wurde ich noch gerettet. Nie bin ich von meinen Bäumen gefallen, und von meinem Hausdach auch nicht. Weil ich so schreckhaft bin, habe ich mich vor Autos immer vorgesehen. Keine Unfälle! Das gefährlichste war noch, wenn mich der schwarz-weiße Kater Carlo von der Willdestraße jagte. Und da kommt dann ausgerechnet jetzt einer mit einem Messer in meinen Garten. Sollte das etwa durch diesen Grobian schon mein Ende sein…!?«*

Doch da kam Rettung für Lilli: »*Oh, da kommt ja schreiend mein Tommy angerannt: super! Der hilft mir bestimmt!*«

Tatsächlich ließ der Fremde mit dem Messer von Lilli ab, da Tommy dem Katzenschänder Saures gab.

»*Ein Glück*«, seufzte Lilli mit einem gequälten »*Miau! Da liegt der Blödmann auf meinem Plattenweg. Das soll ihm eine Lehre sein, sich an Katzen zu vergreifen. Mein Tommy kümmert sich jetzt sehr liebevoll um mich, der Gute. Ach, ist das schön jetzt nach dieser Aufregung, dass er mich so schön streichelt und mir beruhigende Worte zuflüstert.*«

Lilli sinnierte: »*Mir ist anscheinend nichts Schlimmeres passiert außer ein paar kleineren Schnittwunden. Da mache ich mal vorsichtig ein paar Schritte: geht ja schon wieder. Was schnuppert denn übrigens hier in meinem Gartenhäuschen so interessant nach Stroh und Hornspänen...?*«

Dann legte sie sich in ihr Körbchen, leckte sich erst das Blut von ihren Wunden, war aber bald eingeschlafen und träumte: »*Oh, meine Katzengöttin, das ist ja noch mal gut gegangen. Denn mein lieber Tommy hat mich gerettet. So kann ich hier noch weiter leben, wo ich es doch so schön hier in Hagen habe, nachdem ich aus Dortmund hierhin geholt worden bin. Damals hat mich ja meine neue Katzenmutter Jytte mit in ihr warmes Wasserbett genommen. Das war schön. Die ist auch so lieb zu mir. Und dann spricht sie immer in meiner archaischen Sprache zu mir: das gibt mir ein zusätzliches Gefühl von norwegischer Heimat. Und mein Tommy ist auch so süß. Seit ich von meinen Leuten meine eigene Katzentür bekommen habe, bin ich ja auch eine unabhängige Freigängerin geworden. Da hat es hier auf Emst gerade erst so richtig gut angefangen mit all meinen grünen Gärten in meinem Revier, wo ich rumstromern, überall schön schnuppern und Vögel beobachten und Mäuse fangen kann. Das soll dann auch bitte so bleiben…*«

# Jytte Gölzenleuchtner

Die hellblonde Jytte sprach Dänisch mit dem weichen melodischen Dialekt der Fünen, da sie von der dortigen Inselhauptstadt Odense stammt, wo sie am 12.05.1955 geboren wurde. Das ist auch die Heimat des dänischen Fußball-Traditionsvereins Odense BK, aber ebenso der Geburtsort des wohl berühmtesten dänischen Schriftstellers, dem Märchenerzähler Hans Christian Andersen, oder wie die Dänen H. C. Andersen aussprechen würden: »*HoZiÄnnersen*«. Die Insel Fünen liegt zwischen der Halbinsel Jütland und der Hauptstadt-Insel Seeland oder auch »*Sjaelland*«, wie der Däne sagt. Die Jüten sprechen eher langsam und undeutlich, als hätten sie heiße Kartoffeln im Mund, weshalb sie auch scherzhaft »*Kartoffel-Tysker*« genannt werden. »*Tysk*« heißt Deutsch. Und Jütland liegt ja direkt angrenzend an der nördlichen deutschen Grenze. Dagegen sprechen die Hauptstädter aus Kopenhagen eher ein schnelleres Dänisch. Jyttes Eltern wohnten vor ihrem Tod im kleinen jütländischen Dorf Vandel bei Veilje. Da ihr Vater Berufssoldat gewesen war, musste die Familie mehrmals umziehen: von Fünen nach Aalborg in Nord-Jütland und für die letzten Jahre nach Süd-Jütland, wo sie sich ein eigenes Häuschen im Randbölvej 11 in Vandel gekauft hatten. Obwohl Tommy Kriegsdienstverweigerer war, hatte das keinen Einfluss auf sein gutes Verhältnis zu Jyttes Eltern. Im Gegenteil, das Verhältnis zu Tommy blieb immer herzlich. Gunnar und Bente Hansen mochten Tommy sehr. Sie hatten zwei Töchter und sahen in ihm fast einen eigenen Sohn. Jyttes Eltern waren starke Raucher. Gunnar rauchte am liebsten Shag-Tabak in seiner Pfeife. Deshalb schnupperte es für Tommy in der Stube der Hansens immer angenehm und gemütlich, oder »*hyggelig*«, wie der Däne zu sagen pflegte. Bente dagegen bevorzugte die starken dänischen Filterzigaretten von Prince Denmark. Diese Marke rauchte Jytte ebenfalls.

Jytte hatte den Hagener Floristen-Sohn Tommy Gölzenleuchtner durch ihre Schwester Inger-Lise kennen und lieben gelernt, deren Brieffreund er vor vielen Jahren gewesen war. Vor neun Jahren hatten die beiden geheiratet, und Jytte war zu Tommy nach Hagen gezogen. Nachdem Tommys Eltern im Winter 1984 durch einen tragischen Autounfall ums Leben gekommen waren, kümmerte sich Jytte mehr und mehr um das Floristengeschäft der alten Gölzenleuchtners und hatte die Geschicke des Blumenladens fast gänzlich übernommen. Ihr geschäftliches Engagement war allerdings aus wechselwirksamen Zu- und Abneigungen entstanden: einerseits liebte sie Blumen schon immer. Sie war deshalb auch geradezu närrisch vor Freude über die Tatsache, dass ihre damalige Bekanntschaft Tommy der Sohn einer Floristenhandlung war. Wogegen Tommy ihre Zuneigung zur Flora absolut nicht teilte. Ganz im Gegenteil, denn seit frühester Kindheit gab es in der Familie Gölzenleuchtner nur ein Thema:»Blumen – Blumen – Blumen…!« Er war das einzige Kind seiner Eltern. Wahrscheinlich hatten sie damals vor lauter Blumenzüchten keine Zeit, sich um die»Zucht« von eigenen Kindern zu kümmern…!? Er hasste es als Kind, seinen Eltern im Blumengeschäft mithelfen zu müssen. Und ihm graute vor ihrer Erwartung, dass er natürlich diese Blumenhandlung eines Tages übernehmen sollte. Wahrscheinlich hatte er deshalb auch Geographie studiert. Als kleines Schulkind interessierte er sich nämlich schon für Heimatkunde, später auf dem Gymnasium für Erdkunde. Danach studiumshalber für die Topographie der Erde, um häufig weit weg vom elterlichen Blumengeschäft sein zu können.

Seit nun aber seine Eltern auf dem Weg nach Holland zum Blumengrosseinkauf bei dem tragischen Verkehrsunfall in einem Nebelmassenzusammenstoss auf der Autobahn Köln – Aachen vor zwei Jahren umgekommen waren, begann Tommy immer mehr und mehr aufzublühen. Denn er konnte sich langsam vom ungeliebten Blumengeschäft lösen, das ja unter den Fittichen seiner Jytte in sehr dankbaren und willigen Händen lag.

Jyttes Eltern waren leider auch schon sehr früh gestorben: Gunnar 1983 mit 55 Jahren an Mundhöhlenkrebs, Bente 1984 mit nur 54 Jahren an Lungenkrebs. So hatte Jytte vor zwei Jahren zusammen mit ihrer jüngeren Schwester Inger-Lise das schuldenfreie Elternhaus in Vandel geerbt. Das Haus wurde auf einen Wert von 360.000,-- DM geschätzt. Die wie Jytte ebenfalls hellblonde Inger-Lise zog mit ihrem Mann Bjarne und ihrem gemeinsamen Cockerspaniel Tjam in das kleine Haus am Ortsrand von Vandel und musste deshalb ihre Schwester Jytte mit dem Wert des halben Hauses von 180.000,-- DM auszahlen. Da sie weder so viel Geld auf der hohen Kante hatte noch einen Riesenkredit aufnehmen wollte, wurde per Vertrag eine langfristige monatliche Ratenzahlung von 2250,-- Dänischen Kronen vereinbart, also etwa 750,-- DM, die sie Jytte 20 Jahre lang nach Deutschland überweisen sollte. Jytte konnte damit ein relativ sorgenfreies Leben führen. Da Inger-Lise und ihr Mann Bjarne fleißig arbeitende Allgemein-

Mediziner mit eigener gutgehender Arztpraxis waren, konnten sie sich diese Monatsraten leisten. Seit 1984 sparten die beiden zudem nicht nur die Miete für ihr vorheriges Haus in Bölling, sondern die nicht unbeträchtliche Miete für die Arztpraxis in der Innenstadt von Veilje. Denn sie betrieben ihre Praxis im eigenen Haus am Randbölvej in Vandel, in dem sie auch wohnten. So war es ein für alle Beteiligten sehr befriedigendes Arrangement.

Jytte sprach auch mit Lilli Dänisch, da diese ja zur Hälfte eine Norweger Waldkatze war, und Norwegisch und Dänisch sich sehr ähnlich anhören.

»*Lilliken, komme hjem! Lilliken, spise!*« (also etwa: »Kleine Lilli, komm heim, es gibt zu essen!«), rief Jytte also in den Garten, als sie ihre Katze an dem bewussten Samstagabend reinlocken wollte. Aber Lilli kam nicht. So ging Jytte in den Garten und sah im hinteren Bereich die Tür des Gartenhäuschens offen stehen, die normalerweise immer geschlossen war. Dort fand Jytte sie im Körbchen zusammengerollt liegen. Sofort sah sie, dass Lilli geblutet hatte, weil am Stoff im Körbchen mehrere Blutflecke waren. Sie untersuchte die arme Lilli und entdeckte die blutverkrusteten Schnitte an den Innenseiten ihrer Hinterbeine. »Was ist denn hier geschehen?« dachte sie, »da muss ich doch mal Tommy fragen.« Aber auf ihre lauten Rufe: »Tommy, Tommy!« meldete sich niemand. Deshalb nahm sie ihr Kätzchen vorsichtig auf ihren Arm, um sie in der Wohnung mit einer Katzenjod-Tinktur zu verarzten. Als sie aus dem Gartenhäuschen trat, sah sie die blutige Kleidung von Tommy auf der Gartenbank liegen und erschrak: »oh Gott, oh Gott, das wird ja immer schlimmer...! Was soll ich nur machen...?«

Und Jytte sah weder auf dem Plattenweg den Katzenschänder liegen, der nämlich nach seiner kurzen Ohnmacht schleunigst das Gölzenleuchtnersche Grundstück verlassen hatte, noch wusste sie überhaupt etwas von seinem blutigem Küchenmesser.

Der ganze Vorfall, der zum Verschwinden von Tommy führte, ereignete sich am Samstagnachmittag, den 21. Juni 1986.

Jytte wartete mit einer Vermisstenanzeige bei der Polizei noch 48 Stunden und rief dort also erst am Montagnachmittag, den 23. Juni, an. Der wachhabende

Polizeibeamte machte Jytte darauf aufmerksam, dass sie diese Vermissten-anzeige bei der für sie zuständigen Polizeidienststelle Hoheleye persönlich erledigen müsse.

»Ja gut, dann komme ich heute Abend nach meinem Geschäftsschluss zu Ihnen.«

Als Jytte dann am Montagabend auf dem Polizeipräsidium Hoheleye vor-sprach, um die Vermisstenanzeige persönlich aufzugeben, wurde sie vom diensthabenden Polizeibeamten gefragt: »Warum sind Sie denn mit dieser blutigen Geschichte nicht eher gekommen?«

Jytte antwortete: »Ich dachte, man müsste 48 Stunden warten, bis man eine Vermisstenanzeige aufgeben kann...!?«

»Ja, ja, eigentlich haben Sie recht, aber in Ihrem Fall mit den blutigen Klei-dungsstücken Ihres Ehemannes hätten Sie ruhig schon eher kommen sollen. Wer weiß, was da alles passiert sein kann!?«

»Ach ja,« ergänzt Jytte, »wo Sie das gerade sagen. Da möchte ich auch noch zusätzlich eine Anzeige gegen Unbekannt wegen unserer Katze Lilli machen: die ist nämlich am Samstag an den Hinterbeinen verletzt worden, dass sie blutete.«

## Heinz Bandura

Der früher drahtige 51-jährige Hauptkommissar Bandura leitete die Abteilung für Kapitalverbrechen am Hagener Polizeipräsidium Hoheleye. Er war ein leicht ergrauter kompetenter Polizeibeamter, 1,80 m groß, hatte aber durch lange Jahre mit überwiegend sitzender Tätigkeit mit 91 kg etwas zuviel an Gewicht zugelegt, obwohl er sich im Leben und beim Fußball auskannte. Der erfahrene Bandura machte sich am Mittwochvormittag, den 25. Juni, allein auf den Weg von der Hoheleye nach Hagen-Emst, um mit Frau Gölzenleuchtner die aufgenommene Anzeige zu besprechen:

»21. Juni 1986: vermisst wird Thomas G. Nur noch blutige Kleidung übrig. Zusätzlich Verletzung der Katze Lilli. Anzeige wegen Sachbeschädigung gegen Unbekannt.«

Auf Emst fand er in der Emster Straße schnell den Blumenladen mit den dunkelblau lackierten Fensterrahmen. Er trat ein, und das Glöckchen über der Eingangstür verriet dem verwaisten Laden einen neuen Kunden. Aber er fand niemand vor, der oder die einen vermeintlichen Kunden hätte bedienen können. Stattdessen hörte er jemand leise vor sich her singen: für ihn hörte es sich an wie eine junge Frau, die in einer ihm fremden Sprache sang. Bandura folgte der Stimme und fand Jytte Gölzenleuchtner im rückwärtig liegenden Tropen-Gewächshaus.

Sie erschrak, als sie ihn bemerkte, und hörte abrupt auf zu singen.

»Entschuldigen Sie die Störung. Meine Name ist Bandura von der Kripo Hagen«, stellte er sich vor, »Ich komme wegen Ihrer Vermisstenanzeige. Sind Sie Frau Gölzenleuchtner?«

»Ja, die bin ich.«

»Sind Sie alleine hier im Laden?«

»Ja, unsere Azubi hat heute Berufsschule. Mittwochs ist hier nie so viel los. Ähnlich wie bei Ärzten und Apotheken machen wir auch Mittwochsnachmittags immer zu.« Sie hielt Bandura ihre rechte Hand zur Begrüßung hin, die er auch drückte, überrascht über ihren festen Händedruck, jedenfalls fest im Verhältnis zu ihrer augenscheinlich zierlichen Figur.

Jytte hatte passend zu ihrem femininen Äußeren auch eine Vorliebe für Orchideen. Sie führte ja nicht nur ihren Blumenladen auf Emst, sondern sie liebte auch ihre Blumen sehr, besonders ihre Orchideen-Zucht, mit der sie viel Zeit verbrachte. Deshalb ertappte Bandura sie auch so selbstvergessen und dänische Volksweisen singend in ihrem mollig heißen Tropengewächshaus. Die Orchideen oder Orchideengewächse sind eine weltweit verbreitete Pflanzenfamilie. Lustigerweise haben die zwei hodenförmigen Wurzelknollen der Knabenkräuter der gesamten Pflanzenfamilie ihren Namen gegeben, denn das griechische Wort für Hoden lautet »Orchis«.

In Jyttes feucht-schwülem Tropengewächshaus fand sich ein reichhaltiges Sortiment an tropischen Orchideen: die als Wespen-Ragwurz bekannte Ophrys tenthredinifera in weiß mit dem gefährlich aussehenden Gesicht in Rosa, oder das sogenannte »Dancing Girl« in den Flamenco-Farben gelb und rot, eine Oncidium-Hybride, verschiedene Phalaenopsis-Arten, die auch als Falter-Orchideen bekannt sind oder Paphiopedilum, zu deutsch Frauenschuh. Neben diesen bekannten gab es auch noch viele seltene Orchideen in den schönsten Farben und Blütenformen, nicht zuletzt auch einige Duft-Orchideen mit ihrem süßlich zarten Duft.

Aber auch üppige Hibiskus-Blüten in rot, weiß, rosa oder die mit den seltenen gelb-roten Blüten hatte Jytte zu bieten. In einer Ecke hing die bizarre Blütenform der Zierbanane Heliconia rostrata mit ihren großen dekorativen rot-gelben Hängeblüten. Dann gab es noch die äußerst wohlriechenden Blüten des Jasmin aus der Familie der Ölbaumgewächse, Ylang-Ylang von der philippinischen Insel Bohol und in einer kleinen Teichanlage rosafarbige duftende Lotosblumen zu bestaunen. Da fehlte nur noch ein tropischer Riesen-Gecko dazwischen, um das Arrangement abzurunden. Zwischen all ihren exotischen Pflanzen lebte Jytte so richtig auf.

Bandura holte Jytte mit seiner ersten Frage sehr abrupt aus ihrem wohl duftenden Tropentraum: »Erzählen Sie mir doch mal, wie das war, mit dem Verschwinden Ihres Mannes.«

»Aber das habe ich doch Ihrem Kollegen bei der Vermisstenanzeige auf der Hoheleye vorgestern, also am Montag, schon alles erzählt«, entgegnete sie ihm ungeduldig.

»Ja ja, ich weiß, aber ich hätte es gerne noch mal von Ihnen selbst gehört. Also schildern Sie mir bitte ausführlich aus Ihrer Sicht, was an dem Abend passiert ist«, kam es prompt von Bandura zurück.

»Na gut«, begann Jytte, »der Tag, an dem Tommy plötzlich verschwunden ist, das war am letzten Samstag, also am 21. Juni. Ich wollte unsere Katze Lilli abends reinlocken, um sie zu füttern. Aber Lilli kam nicht. So ging ich in den Garten und sah die Tür des Gartenhäuschens offen stehen. Das ist ungewöhnlich, weil die normalerweise immer geschlossen ist. Dort fand ich unsere Lilli im Körbchen zusammengerollt liegen. Sie lag da wie ein dänisches Brötchen.«

»Bitte…!?« unterbrach Bandura unverständig ihren Redestrom, »dänisches Brötchen? Wie liegt denn eine Katze wie ein dänisches Brötchen?«

»Ja, das ist so«, erklärte ihm Jytte, »in Dänemark heißen die Brötchen ‚rondstykker’, also ‚Rundstücke’: ja, und genauso rund zusammengerollt lag Lilli da im Körbchen. So können nur Katzen schlafen…!«

»Verstehe«, antwortete Bandura, »aber fahren Sie doch bitte in Ihrer Schilderung fort, Frau Gölzenleuchtner.«

»Ja also, ich sah, dass Lilli geblutet hatte, weil am Stoff im Körbchen mehrere Blutflecke waren. Ich untersuchte Lilli und fand blutverkrustete Schnitte an den Innenseiten ihrer Hinterbeine. ‚Oje oje, was ist denn hier geschehen?' dachte ich, ‚da muss ich doch mal Tommy fragen.' Ich rief nach ihm, aber Tommy kam nicht. Deshalb nahm ich erst mal Lilli vorsichtig auf meinen Arm, um sie in unserer Wohnung mit einer Katzenjod-Tinktur zu verarzten. Als ich dann aber aus dem Gartenhäuschen trat, sah ich auch noch die blutige Kleidung von Tommy auf der Gartenbank liegen. Da dachte ich mir schon, dass da wohl irgendwas passiert sein muss...!?«

Bandura fragte sie mit sichtbarem Unverständnis: »Und warum haben Sie denn diese blutige Geschichte erst am Montag der Polizei gemeldet? Warum sind Sie damit nicht eher gekommen?«

Jytte antwortete ihm genauso wie schon seinem Kollegen auf der Hoheleye am Montag: »Ich dachte, man müsste 48 Stunden warten, bis man eine Vermisstenanzeige aufgeben kann...!?«

»Aha, na gut, aber in diesem Fall mit den blutigen Kleidungsstücken Ihres Ehemannes hätten Sie wirklich schon eher kommen sollen. War Ihnen das denn nicht rätselhaft, dass Ihr Mann so plötzlich verschwunden ist?«

»Doch doch,« entgegnete ihm Jytte, »deshalb habe ich doch dann am Wochenende auch erst mal die Hagener Krankenhäuser angerufen, ob er dort irgendwo aufgetaucht ist.«

»Ja, das haben wir inzwischen auch gemacht«, meinte Bandura, »und die anderen Krankenhäuser in den umliegenden Städten sind ebenfalls nach Ihrem Mann oder nach einer eventuell namenlosen männlichen Person befragt worden. Aber bisher leider auch von dort kein positives Ergebnis! Aber jetzt mal was ganz anderes dazu: gibt es denn eigentlich eine Lebensversicherung für Ihren Mann?«

»Ja, die gibt's«, antwortete Jytte.

»Ach ja? Und wie hoch wäre die Auszahlungsprämie beim Todesfall?«

»Eine Million DM.«

»Oh, lala, das ist ja nicht gerade ein Pappenstiel«, kommentierte Bandura.

»Ja, das stimmt. Aber dafür müssen wir auch immer 300,- DM als monatlichen Beitrag zahlen.«

»So nebenbei: ist das eine gegenseitige Lebensversicherung?« fragte Bandura.

»Nein«, antwortete Jytte, »nur für Tommy, also meinem Mann. Die Versicherung sagte uns, dass es gegenseitige Lebensversicherungen gar nicht mehr gäbe, sondern nur noch einzelne Versicherungsabschlüsse. Also er würde eine abschließen, bei der ich in seinem Todesfall die Begünstigte wäre, und umgekehrt: er wäre in meinem Todesfall der Begünstigte...«

»Aha. Und da gab es also nur einen Vertrag für Ihren Mann? Wie kommt das denn?« stocherte Bandura weiter.

»Ja, wissen Sie«, erklärte Jytte anscheinend ehrlich und gewissenhaft: »Die Eltern von Tommy sind bei einem tragischen Verkehrsunfall in einem Nebel-Massenzusammenstoss auf der Autobahn Köln-Aachen im Januar 1984 gestorben, als sie unterwegs nach Holland zum Blumengroßhandel waren. Und damals hatten Tommy und ich das mit der Lebensversicherung überlegt und dann auch recht spontan abgeschlossen. Der Tommy, der ist doch immer so viel auf Reisen. Der reist doch gerne und oft in die exotischsten Winkel der Erde, wo es manchmal recht abenteuerlich zugeht. Das ist ja dann irgendwie auch ein bisschen gefährlich. Deshalb hat er die Lebensversicherung für sich abgeschlossen, zu meinen Gunsten, falls ihm mal was passiert. Ich reise da ja nicht mit, höchstens mal in meine dänische Heimat. Und hier bei meinen Blumen lebe ich ja auch nicht so gefährlich!«

»Was ist denn das überhaupt für eine Lebensversicherung? unterbrach Bandura sie.

»Ja, Herr Kommissar, das ist so eine Risiko-Lebensversicherung für einen vorzeitigen Todesfall bei einer Laufzeit über 25 Jahre. Nicht etwa eine kapitalbildende Lebensversicherung, sondern eine reine Todesfall-Versicherung, halt eine Risiko-Lebensversicherung. So nennt man das wohl, wobei also nur beim vorzeitigen Tod der Leistungsfall für die Versicherung eintreten würde und sie zahlen müssten. So hatte mir Tommy das jedenfalls erklärt. 1984, beim Abschluss der Lebensversicherung, war Tommy 34 Jahre alt. Also müssten wir die Versicherungsbeiträge bis zu seinem 59. Lebensjahr zahlen. Wir hofften, dass er bis dahin etwas ruhiger geworden wäre und dann vielleicht nicht mehr so gefährliche und abenteuerliche Reisen unternehmen würde. Die monatliche Versicherungsrate von 300,-- DM für eine Person ist ja doch recht hoch, weshalb wir ja auch nur die eine Lebensversicherung für Tommy abgeschlossen haben...«

»Das ist ja interessant«, ließ es Bandura bei dieser plausiblen Erklärung dann zunächst mal bewenden, dachte sich aber: »da hätten wir ja schon mal das erste Motiv, wenn dann noch eine Leiche dazu auftauchen würde...!?«

Bei der weiteren Befragung zeigte Jytte Hauptkommissar Bandura den Reisepass von Tommy. »Der ist ja noch relativ frisch?« fragte Bandura, als er im Pass blätterte und herausfand, dass der Pass erst im Januar 1985 ausgestellt worden war.

»Ja«, antwortete Jytte, »Tommy wurde sein alter Pass im Februar 1984 auf dem Kölner Flughafen gestohlen, als er von einer Reise nach Cuba zurück kam. Deshalb hatte er einen neuen Pass beantragt, den er Anfang 1985 bekam. Das war damals ein langer und aufwendiger bürokratischer Akt, wenn ich mich recht erinnere.«

Bandura bemerkte treffend: »Schöner Vollbart. Hat er nie daran gedacht, den abzurasieren?«

»Ja schon,« meinte Jytte, »aber bisher war es anscheinend wohl noch nicht so weit. Jedenfalls sieht er immer noch so aus. Also vor vier Tagen, als ich ihn morgens das letzte Mal gesehen habe, sah er jedenfalls noch so aus, mit Vollbart.«

»Haben Sie mal ein aktuelles Foto von Ihrem Mann für mich?«

»Ja Moment, ich hol grad eines oben aus meinem Fotoalbum«, entgegnete ihm die attraktive nordische Blondine und verschwand die Treppe hoch. Mit Wohlwollen starrte Bandura ihr hinterher und dachte sich: »Na, freiwillig wird Tommy Gölzenleuchtner solch eine Granate von Weib wohl kaum verlassen! Da muss wohl irgendwas anderes dahinter stecken...!?«

Zurückgekehrt, gab Jytte ihm ein Farbfoto von Tommy.

»Danke, Frau Gölzenleuchtner. Ich habe nur noch eine letzte Frage«, hakte Bandura nach, »Ihre Azubi. An die hätte ich auch noch ein paar Fragen. Ist die denn morgen wieder hier?«

»Ja«, antwortete Jytte, »Carola Fürstmann hat nur einen Tag pro Woche Berufsschule, also heute, immer mittwochs. Morgen ist sie wieder hier im Geschäft.«

»Ja, dann komme ich morgen wieder vorbei, auf Wiedersehen«, verabschiedete sich Bandura.

# Carola Fürstmann

Am Donnerstagnachmittag, den 26. Juni, fuhr der eigenwillige Kommissar Bandura also erneut zum Blumenladen von Jytte Gölzenleuchtner, um die 17-jährige Azubi Carola Fürstmann zu befragen. Auch diese Befragung führte er erst einmal allein durch. Carola, eine 1,62 m große Blondine mit dunkelblonden dauergewellten Haaren, liebte Blumen und Floristik. Es machte ihr Spaß, alles über Pflanzenkunde, botanische Namen und die richtige Pflanzen-Pflege zu lernen. Aber der Schwerpunkt ihrer Ausbildung lag auf dem Bereich der Hochzeitsfloristik. »Das ist wirklich mein absoluter Traumberuf«, schwärmte sie Bandura bereitwillig und mit einem Glänzen in den Augen vor, »und außerdem mag ich noch total gerne Katzen.«

»Anscheinend lieben hier alle Menschen Katzen?« fragte Bandura. »Ja«, antwortete Carola ohne zu zögern, »bis auf meinen Freund Maik!«

»Ach, interessant. Wie heißt der denn? Und wo wohnt er?« fragte Bandura.

»Maik Wulling, Emster Straße 72«, plauderte Carola los, »gleich hier um die Ecke. Schräg gegenüber der Sparkasse. Das Haus, in dem Maik wohnt, steht direkt an der Kreuzung Emster Straße/Karl-Ernst-Osthaus-Straße.«

»Mit dem möchte ich nachher auch noch sprechen. Ist der denn jetzt wohl zu Hause?«

»Ja, der hat ja immer Frühschicht und müsste jetzt am Nachmittag eigentlich zu Hause sein.«

»Was meinen Sie denn, Frau Fürstmann? Fällt Ihnen was zum Verschwinden von Herrn Gölzenleuchtner ein?« fragte Bandura nur der Form halber, ohne sich etwas Konkretes von ihr zu erhoffen. Doch da hatte er nicht mit der Phantasie der vorlauten Carola gerechnet. »Das war bestimmt der zwielichtige Charly Meschede mit seinen mafiaähnlichen Methoden!?«

»Was sagen Sie da?!« fragte Bandura überrascht.

Carola meinte klipp und klar: »Ich habe ein Gerücht gehört, dass Tommy als Geschäftsinhaber angeblich kein Schutzgeld zahlen wollte. Der ‚Mesche' wohnt doch auch hier auf Emst. Und es wird gemunkelt, dass er irgendwas mit dem Verschwinden von Tommy Gölzenleuchtner zu tun hat...«

Der sichtlich perplexe Bandura verabschiedete sich erst einmal von Carola:

»Ich gehe dann mal die paar Meter an der Emster Straße entlang zu Ihrem Freund Maik zu Fuß. Danke für Ihre Auskünfte und auf Wiedersehen.«

»Tschüß auch, Herr Kommissar, « kam es von der taffen Carola zurück.

Doch Bandura setzte sich erst einmal in seinen Dienstwagen und telefonierte per Auto-Funk mit seiner Zentrale auf der Hoheleye. Die sollten mal auf die Schnelle den Aufenthaltsort von Charly Meschede für ihn rausfinden. In der Wartezeit packte er sich sein Butterbrot aus, schraubte die Thermoskanne auf und goss sich eine Tasse heißen Kaffee ein. Dann aß er erst mal in aller Ruhe und packte seine Westfälische Rundschau aus. Als Fußball-Fan schlug er sofort den Sportteil auf und studierte ausführlich die Berichte über die Fußball-WM in Mexiko:

Erst mit teilweise äußerst knappen Ergebnisse schaffte die deutsche Nationalmannschaft überhaupt das glückliche Überstehen in den Gruppenspielen, wie das 1 : 1 gegen die Urus bei einer allerdings totalen Hitzeschlacht, und der mühsame 2 : 1-Sieg gegen die Schotten, direkt gefolgt von einer 0 : 2-Niederlage gegen die Dänen, wobei deren deutscher Trainer Sepp Piontek allerdings mit seinen dänischen Kickern saubere Arbeit abgeliefert hatte. Bei der WM hieß ja der dänische Wahlspruch vom dynamischen Sturmlauf ihrer Fußballer nicht umsonst:

*»Vi er röde, vi er hvide,*
*vi er danske dynamite...«*
(»Wir sind rote, wir sind weiße,
wir sind dänischer Dynamit...«)

»Schon wieder Dänen«, dachte sich Bandura, »jahrelang hört man überhaupt nix von den Wikingern, und plötzlich fühlt man sich geradezu umzingelt von ihnen...!« Also wurden die Deutschen nur Gruppenzweiter hinter Dänemark. Dafür bekamen sie im Achtelfinale mit den Marokkanern einen machbaren Gegner, der sich aber nur äußerst knapp mit einem von Lothar Matthäus um die Mauer gezirkelten Freistoßtor in der 88. Spielminute zum mühseligen 1:0-Sieg der deutschen Mannschaft geschlagen gab.

Bevor Bandura sich auch noch die zusammenfassenden Berichte der Viertel- und Halbfinal-Spiele durchlesen konnte, ereilte ihn der Rückruf aus der Zentrale, gerade als er genüsslich den Kommentar über die Affäre um den

Ersatztorwart Uli Stein vom HSV las, der ja die ganze Mannschaft als Gurken-truppe und seinen Teamchef »Kaiser« Franz Beckenbauer als Suppenkasper titulierte, nur weil der den Kölner Toni Schumacher ins Tor der deutschen WM-Spiele stellte. Suppenkasper übrigens deswegen, weil der junge Franzl Beckenbauer mal in den 60er Jahren für eine heiße Suppe von Knorr TV-Reklame gemacht hatte. Aber diese kräftige TV-Suppe wirkte anscheinend so nachhaltig, dass noch 20 Jahre später der junge Teamchef Beckenbauer bei seinem ersten großen Turnier aus einem Haufen limitierter Rumpel-Fußballer ein schlagkräftiges Team zusammen gebastelt hatte, das sich überraschend bis ins WM-Finale gekämpft hatte.

Jedenfalls kam die telefonische Entwarnung aus dem Polizeipräsidium re-lativ zügig: »Hallo, Kollege Bandura, der Charly Meschede ist höchst wahr-scheinlich mitsamt seinem Tross für ein paar Wochen nach Mexiko verreist. Aber wir checken das noch mal und geben Ihnen dann so schnell wie möglich Bescheid.«

»Aha, « dachte sich Bandura, »also auch ein Fußballfan...!?«

Deshalb verfolgte Bandura diese angebliche Spur um Charly Meschede, auch kurz »Mesche« genannt, erst mal nicht weiter, sondern ging die 350 m zu Fuß zur Emster Str. 72, wo er Maik Wulling befragen wollte.

## Maik Wulling

Um zur Wohnung von Maik Wulling zu gelangen, musste sich Bandura bis zum zweiten Stock hoch stöhnen. Dort öffnete ihm der 20-jährige Schweißer-lehrling Maik Wulling die Tür.

»Tach, sind Sie Herr Wulling? Kommissar Bandura«, stellte er sich dem 1,82 Meter großen, dunkelhaarigen und massigen jungen Mann vor und zeigte dabei seinen Ausweis, »ich komme vom Polizeipräsidium und hätte mal ein paar Fragen zu Herrn Gölzenleuchtner.«

Bei diesem Gespräch bemerkte Bandura die eklatante Hitze in der Dach-wohnung und sprach Maik darauf an: »Heiß hier oben. Ist ja fast wie in den Tropen...!?«

»Jop«, meinte Maik, »konstante 30 ° Celsius im Schatten. Schauen Sie mal hier in meinem Schlafzimmer. Da habe ich mir deswegen extra einen Deckenventilator übers Bett anmontiert. Wenn ich den nur auf Stufe 1 stelle, ist es da schon kühler. Aber wenn ich den auf Stufe 5 stelle, dann hat man das Gefühl, gleich hebt der Ventilator samt des Daches wie ein Hubschrauber ab nach oben in den Himmel...! Sollen wir uns da hinsetzen?«

»Nee, nee, nicht aufs Bett. Besser in Ihr Wohnzimmer, da gibt es wenigstens Stühle, wo wir uns drauf setzen können.« Außerdem müffelte es selbst dem geruchstoleranten Bandura in Wullings Schlafzimmer zu sehr nach »Jungdachs«: eine Mischung aus Schweiß und stinkigen Käsesocken, also eine absolut olfaktorische Beleidigung für jede Nase...!

Sie gingen also ins Wohnzimmer, von wo aus Bandura die enge Dachgeschosswohnung musterte: das Wohnzimmer und der Flur war in einem satten erdfarbenen Braun wie eine Höhle gestrichen, während die durch einen Vorhang abgetrennte kleine Kochnische mit knalliger gelber und roter Farbe auf der Raufasertapete bemalt war. Der Wohnzimmerschrank war ein dunkelbraunes IKEA-Ensemble, ebenso wie die beigefarbene Cordcouch-Kombination. Durch das Wohnzimmerfenster hatte Bandura einen weiten schönen Ausblick über die Hagener Innenstadt und auf die gegenüber liegenden Wälder des Hagener Stadtwaldes, denn der Stadtteil Emst lag hoch über Hagen und das Haus »Emster Str. 72« befand sich besonders exponiert auf einer Kuppe.

Bandura begann also mit der Befragung: »Ja, wie schon gesagt. Ich komme wegen dem verschwundenen Herrn Gölzenleuchtner. Können Sie mir dazu was sagen?«

»Nee, hier ist der nich!«

»Das habe ich auch nicht angenommen, aber wo haben Sie denn die Kratzer am Arm her?« fragte Bandura.

»Ach die,« unsicher irrten Wullings Augen in seiner Wohnung herum, weil er hoffte, vielleicht die Antwort an der Wand zu lesen, bis sein Blick an der Schlafzimmertür ankam. Da blitzten seine Augen freudig auf: »Wissen Sie, meine Freundin Carola, das ist ne ganz wilde Hummel. Und wenn wir's dann mal treiben, dann wird's manchmal noch wilder...!«

»Was meinen Sie denn genau? Was betreiben Sie denn für ein gemeinsames Hobby, wo man sich zerkratzen kann?« fragte Bandura bewusst unschuldig.

»Na, Sex halt: Bumsen, Ficken, Vögeln...!« antwortete Wulling stolz.

»Ach so, daher stammen also die Kratzer?« fragte Bandura.

»Hmm,« antwortete Maik, denn er liebte seine Freundin Carola sehr, war allerdings dabei übertrieben eifersüchtig. Katzen dagegen liebte er eigentlich überhaupt nicht.

»Hier ist es ja wirklich ziemlich warm, was!?« meinte der schwitzende Kommissar.

»Herr Kommissar,« ereiferte sich der leutselige Maik Wulling, »neulich beim Viertelfinale der Fußball-WM in Mexiko zwischen Deutschland und dem Gastgeber Mexiko, da saß ich nachts nackig auf meiner Couch, so heiß war das hier noch! Und ich schaute zu, wie die Menge im Hexenkessel von Monterrey raste. Dort war's bestimmt genauso heiß wie hier in meiner Dachwohnung. Und ich hab mir mit ein paar Kannen Bier die Kante gegeben. Aber da in Mexiko war echt der Teufel los! Besonders nach Spielende, nachdem das Spiel mit 0 : 0 nach Verlängerung endete und es Elfmeter-Schießen gab. Aber dann hat Deutschland durch zwei vom Kölner Keeper Toni Schumacher gehaltene Elfer locker mit 4 : 1 gewonnen. Wahrscheinlich haben die kleinen Mexikaner vor eigenem Publikum mit 41.700 frenetischen Zuschauern das große Nervenflattern bekommen...!?«

Durch diese Äußerungen fand Bandura heraus, dass Maik Biertrinker und genauso wie er selber ein Fußballfan war. Denn diese Befragung ereignete sich genau einen Tag nach dem Halbfinale bei der Fußball-WM in Mexiko. Deutschland gewann in Guadalajara gegen Frankreich mit 2 : 0, und das um 12.00 Uhr Ortszeit, als in Mexiko die unbarmherzige Tropensonne senkrecht auf die Köpfe der Fußballer knallte. Bandura diskutierte als »warming-up« mit Maik über die WM-Fußball. Der 20-jährige Maik hatte naturgemäß seine fußballerischen Idole in Toni Schumacher oder Kalle Rummenige, den Stars der 80er Jahre, die allerdings für Bandura nur das Symbol des deutschen Rumpelfußballs bedeuteten, die sich in Mexiko bis ins Endspiel kämpften. Er war schließlich beim »Wunder von Bern« 1954 erst 19 Jahre, fieberte 1966 mit dem ganzen deutschen Fußballvolk um das »Wembley-Tor«, als Maik gerade als frisches Baby dem nächsten Schluck aus der Brust seiner Mutter entgegen fieberte. Schließlich hatte Bandura als alter Fußball-Kenner die beste deutsche Fußballmannschaft aller Zeiten 1972 bei ihrem EM-Sieg miterlebt, als Günther Netzer und Franz Beckenbauer noch gemeinsam auf dem Fußballplatz zauberten. Das war für Maik im zarten Alter von 6 Jahren noch nicht wirklich das Zentrum seines jungen Erlebnisraumes gewesen...!

Jedenfalls wusste Bandura, dass das von Maik geschilderte Viertelfinalspiel zwischen Mexiko und Deutschland am Samstag, den 21. Juni 1986, statt gefunden hatte, genau an dem Tag, als Thomas Gölzenleuchtner verschwand. Dieses Fußball-WM-Spiel wurde um 16.00 Uhr Ortszeit in Monterrey angepfiffen, was bedeutete, dass es wegen der Zeitverschiebung erst ab 23.00 Uhr MEZ im deutschen TV live übertragen wurde.

»So, Herr Wulling. Aber ich bin ja eigentlich nicht zu Ihnen gekommen, weil ich mit Ihnen über Fußball diskutieren wollte, sondern weil ich eine Frage an Sie habe: wo waren Sie denn am letzten Wochenende, genauer gesagt, am Samstagnachmittag?« »Samstagnachmittags«, antwortete Maik spontan, »da bin ich doch immer mit meiner Freundin Carola Fürstmann zusammen. Die kommt dann immer hier in meine Bude. Das war wohl auch letzten Samstag so...«

»Sie können mir also gar nichts zum Verschwinden von Thomas Gölzenleuchtner sagen?« bohrte Bandura nach. Wulling schüttelte nur unwillig mit dem Kopf.

»Na, dann war's das erst mal für heute. Tschüß und noch viel Spaß bei der WM in Mexiko,« verabschiedete sich Bandura.

Weil die Aussagen von Maik Wulling nicht mit denen von Carola Fürstmann übereinstimmten, ging er zurück zum Blumenladen, um die Auszubildende erneut zu befragen.

Bandura begann gewohnt direkt und ohne Umschweife: »Frau Fürstmann, Ihr Freund, der Maik Wulling, behauptet, er hätte seine Kratzer am Arm von Ihnen? Vom gemeinsamen Sex? Stimmt das?«

»Der spinnt ja, der Maik! Das möchte der gerne. Aber da läuft schon ne ganze Zeit nix mehr. Ich bin ja eher der romantische Typ. Und er der Handfeste. Immer direkt zur Sache. Und dann so grob! Nee, nee, ich steh eh kurz davor, mich von ihm zu trennen. Der Kerl ging mir schon länger mit seiner ewigen und unbegründeten Eifersucht auf den Senkel...!«

»Aha, Eifersucht?« bohrte Bandura.

»Joh, der war total eifersüchtig auf alles: auf alle Blumen hier im Geschäft, auf die süße Katze Lilli, und natürlich besonders auf Herrn Gölzenleuchtner. Dabei war der doch immer nur nett und charmant zu mir...!«

»So so«, grübelte Bandura, als ihm so einiges klar wurde.

Es hatte sich also herausgestellt, dass Carola mit ihrer feschen Dauerwelle ihren Freund Maik schon fast satt hatte: »Ach, der Wulling geht mir echt auf den Zeiger. Jetzt auch noch die Fußball-WM in Mexiko, wo er nachts immer Fußball bis zum Umkippen guckt! Und abends ist er dann immer zu müde, um mit mir was zu unternehmen. Was soll ich mit so einem anfangen? Ich wollte mich eigentlich ne ganze Zeit schon von dem trennen. Aber jetzt ist es mir wirklich zuviel mit dem geworden...!«

»Ist ja interessant«, hakte Bandura nach, »haben Sie denn Ihrem Freund Maik Wulling das schon mitgeteilt, dass Sie sich von ihm trennen wollen?«

Carola antwortete, ohne zu zögern, sehr freimütig: »Anfangs hat er mir ja sehr imponiert mit seiner Erscheinung: die dunklen Haare, die stattliche Größe, halt mein Typ. Und er war auch immer für mich da, holte mich von der Arbeit ab, machte mir Komplimente. Aber er ist halt ein Schweißerlehrling! Denn sonst hat er nur mit hartem Metall zu tun: Eisen und Stahl zusammen schweißen. Aber ich bin weich und romantisch. Ich bin mehr fürs abends Tanzen gehen. Aber dazu war er dann schon wieder zu müde, besonders jetzt bei der Fußball-WM in Mexiko. Er wollte immer nur, dass ich zu ihm kommen sollte und schnell mit ihm ins Bett gehe. Er wollte dann ne schnelle harte Nummer schieben und danach einschlafen. Das wollte ich nicht mehr weiter so hinnehmen. Ja, ich hab dem Maik sogar schon gesagt, dass ich mich von ihm trennen will...«

»Wann war das?« hakte Bandura ein.

»Ja, warten Sie mal, das war letzten Samstag, am Nachmittag. Da holte er mich hier im Blumenladen ab. Als ich ihm dann freudestrahlend von meinen Samstagsabendplänen mit nem gemeinsamen Disco-Besuch erzählte, blockte er ab, weil das ja wegen des WM-Viertelfinalspieles Mexiko gegen Deutschland am Abend nicht ginge...«

»Ja stimmt,« bestätigte der Fußballfan Bandura, »die spielten in Mexiko um 16.00 Uhr Ortszeit am Nachmittag, aber wegen der Zeitverschiebung ist das dann in Deutschland erst abends ab 23.00 Uhr im TV übertragen worden. Und, sind Sie dann am Samstagnachmittag noch mit dem Herrn Wulling in seine Wohnung gegangen?«

»Nee nee, wir haben uns so was von gestritten, dass er nur noch wutentbrannt in den Park gegenüber gelaufen ist...!«

»Also Sie waren am Nachmittag nicht bei ihm, und er nicht bei Ihnen?« hakte Bandura zur Sicherheit noch mal nach.

»Nee, sagte ich doch bereits: wir haben uns gestritten. Er haute ab, und ich bin dann abends mit meiner Freundin allein in die Disco gegangen.«

»Na, danke schön, Frau Fürstmann, Sie haben mir sehr geholfen.«

Da war dann der Zeitpunkt gekommen, dass Bandura doch lieber zusammen mit seiner jungen Kollegin Julia Finkensiep weiter ermitteln wollte. Denn er ahnte, dass es bei der kommenden Unterredung mit Maik Wulling eventuell zu einer Verhaftung kommen könnte. Und die wollte er lieber nicht allein vornehmen.

Also bat er die Kollegin Finkensiep per Auto-Funk, in die Emster Straße zu kommen.


## Thorsten Bülow

Die Kollegin Finkensiep erklärte Bandura allerdings: »Vielleicht wird es etwas dauern, bis ich zu Ihnen auf Emst dazu kommen kann, weil ich mir erst noch einen Transport dorthin organisieren muss.«

»Kein Problem«, erwiderte Bandura, »dann vernehme ich in der Zwischenzeit den jungen Herrn Bülow im Nachbarhaus des Blumenladens. Der hatte sich doch als Zeuge wegen eines Streits auf dem Gölzenleuchtner'schen Grundstück gemeldet. Der arbeitet bei der Kommune, da müsste er jetzt am Spätnachmittag schon zu Hause sein. Wir beide treffen uns dann hinterher in meinem Dienstwagen, und zwar hier vor dem Blumenladen in der Emster Straße.«

Bandura klingelte also am Nachbarhaus rechts neben dem Blumenladen. Ein 25-jähriger schlanker, etwa 1,85 m großer und gut aussehender junger Mann öffnete ihm.

»Tach, sind Sie Herr Bülow«, eröffnete Bandura ohne Umschweife mit dem Vorzeigen seines Dienstausweises die Unterhaltung, »ich bin Heinz Bandura, Kripo Hagen, und ermittle im Verschwinden Ihres Nachbarn, des Herrn Gölzenleuchtner.«

»Kommen Sie doch rein, Herr Bandura, hier vorne am Haus ist es ja jetzt im Sommer am Spätnachmittag ziemlich heiß.« Er führte Bandura hoch bis zu seiner Dachwohnung und dort ins Wohnzimmer, in dem eine Glastür zu einem kleinen Balkon offen stand. »Da haben Sie ja Glück gehabt, Herr Bandura, dass Sie mich jetzt schon antreffen. Ich bin ja Beamter beim städtischen Grünflächenamt und bin gerade erst nach Hause gekommen. Womit kann ich Ihnen helfen?«

»Sie haben Anfang der Woche eine telefonische Aussage gemacht, genauer am Montag, den 23. Juni 1986, dass Sie Zeuge eines Vorfalls im Garten der Gölzenleuchtners waren. Deshalb bin ich hier. Berichten Sie mir das bitte noch einmal genau.«

»Ja, also, das war so: am Samstagnachmittag hatte ich mich hingelegt, um etwas vorzuschlafen, weil ja abends das Fußball-WM-Spiel Mexiko gegen Deutschland live übertragen wurde. Da wollte ich für eine lange TV-Nacht fit sein. Da es genauso heiß wie heute war, ließ ich die Balkontür offen stehen. Als ich mich da so in meinem eigenen Schweiß im Bett wälzte, meinte ich, von Katzengeschrei geweckt zu werden. Das wäre an sich noch nichts Ungewöhnliches, denn es gibt hier einige Katzen in der Nachbarschaft, die sich schon mal gegenseitig anschreien. Ich war mir allerdings auch nicht so ganz sicher. Als dann kurze Zeit später noch lautes menschliches Gebrüll von zwei verschiedenen Männern dazukam, war ich allerdings endgültig wach.«

»Konnten Sie denn verstehen, was gebrüllt wurde?« fragte Bandura.

»Nein, konnte ich leider nicht, das war wohl noch beim Übergang vom Schlaf zum Aufwachen, so dass ich das nicht mitbekam. Ich habe nur das laute Gebrüll gehört und dass es zwei verschiedene Männerstimmen waren.«

Bandura fragte: »Haben Sie denn eigentlich auch was gesehen?«

Thorsten Bülow antwortete: »Nee, gesehen hab ich nichts. Aber ich bin ja da auch nicht direkt aufgestanden. Ich war vom Schlaf noch so beduselt, dass ich mich erst mal wach schütteln musste. Nachdem ich dann aufgestanden war, bin ich auf den Balkon gegangen und hab runter in den Garten der Gölzenleuchtners geschaut, hab aber dort nix Auffälliges gesehen.« Mit diesen Worten stand er auf und führte Bandura auf den Balkon. Von hier hatte Bandura einen guten Ausblick auf den Garten der Gölzenleuchtners. Allerdings konnte man eher direkt in den Garten bis zum Gartenhäuschen am Ende des Grundstücks und weniger auf den Weg zwischen den beiden Häusern schauen, der sich zwar eigentlich direkt unterhalb des Balkons befand, aber die Sicht war durch dichtes Buschwerk versperrt. »Schauen Sie, Herr Kommissar, das ist der Garten der Gölzenleuchtners. Als ich da runter schaute und nix Auffälliges sah, dachte ich: Spinn ich denn? Da war doch grad noch Katzen- und Menschen-Geschrei! Oder hab ich das nur geträumt? Erstmal hab ich mir dann kaltes Wasser ins Gesicht geschüttet und eine halbe Flasche kaltes Mineralwasser aus dem Kühlschrank weggezischt. Na, jedenfalls ließ mir das mit dem Geschrei keine Ruhe. Ich hab mir ne Shorts und ein T-Shirt übergezogen und bin runter gegangen, ums Haus, und dann den Fußpfad zwischen den Häusern bis zum Garten der Gölzenleuchtners, hab dort aber auch nix Auffälliges gesehen. Da mir die ganze Geschichte aber keine Ruhe gelassen hat, habe ich am Montag auf der Hoheleye bei der Polizei angerufen, um meine merkwürdigen Beobachtungen zu melden. Es hätte ja was dran sein können…!?«

»Ja, bravo Herr Bülow«, erwiderte Bandura, »das haben Sie genau richtig gemacht, denn tatsächlich ist da irgendwas Merkwürdiges gewesen. Seit diesem Samstagnachmittag ist nämlich der Herr Gölzenleuchtner verschwunden, wie mir seine Frau ebenfalls am Montag per Vermisstenanzeige mitgeteilt hat. Übrigens: kennen Sie denn eigentlich die Gölzenleuchtners?«

»Nee, nicht wirklich«, antwortete Thorsten Bülow, »ich wohne ja hier erst drei Jahre und Blumen kaufe ich auch nicht.«

»Auch nicht die Frau Gölzenleuchtner?« bohrte Bandura nach.

»Ach, die kühle Blonde«, antwortete Thorsten Bülow, »ja doch, vom Sehen, wenn ich hier mal nachmittags auf meinem Balkon bin, und sie dort unten mit ihrer schwarzen Katze im Garten spielt…«

»Und ihn, den Thomas Gölzenleuchtner?« bohrte Bandura weiter.

»Nee, eigentlich kaum, « entgegnete Thorsten Bülow, »der ist ja so gut wie nie zu Hause. Und im Übrigen ist es doch immer eher ruhig dort bei den Nachbarn. Deshalb war das ja auch mit dem Geschrei letzten Samstag so auffällig, dass es mir keine Ruhe ließ, und ich es deshalb auch Montag bei der Polizei gemeldet habe. Wir hatten da im Grünflächenamt eine lange und entscheidende Sitzung zur Entwicklung der Baumschutz-Satzung. Darum bin ich erst am späten Nachmittag dazu gekommen, mich bei der Polizei zu melden.«

Bandura schaute auf seine Uhr und merkte, dass er sich wohl noch etwas Zeit lassen könnte, bis seine Kollegin Finkensiep auftauchen würde. Deshalb verwickelte er Thorsten Bülow in ein Fußball-Gespräch: »Sie erwähnten, dass Sie am Samstagnachmittag wegen des Fußballspiels im Fernsehen in der Nacht vorgeschlafen hatten. Haben Sie denn das Spiel dann auch gesehen?«

»Ja klar, Mann«, meinte Thorsten Bülow, denn der interessierte sich schon immer für Fußball und war froh, das Gespräch mit Bandura über die Fußball-WM in Mexiko fortsetzen zu können, »in Mexiko war die Anstoßzeit des Spiels ja um 16.00 Uhr, was durch die Zeitverschiebung gegenüber der deutschen Zeit 23.00 Uhr abends bedeutete. Als im Spiel Mexiko gegen Deutschland Thomas Berthold die rote Karte bereits in der ersten Halbzeit bekam, dachte ich: jetzt ist's aus! Denn Mexiko hatte doch da alle Vorteile für sich in der Hand: die Affenhitze am Nachmittag, den Heimvorteil und die für die Deutschen ungewohnte Höhe des Spielortes und dann noch einen Mann mehr. Entsprechend schleppten sich unsere Jungs durchs Spiel, durch die Verlängerung und ins abschließende Elfmeter-Schießen.«

»Jop«, meinte Bandura, » als das Elfmeter-Schießen kam, da dachte ich: das schaffen die kleinen Mexe nicht, da sind die viel zu nervös zu und halten den Erwartungsdruck der eigenen Fans im Stadion nicht aus. Und: whupp – so war es auch! Erst verschießen sie einen Elfmeter nach dem nächsten, oder Schumacher hält sie mit Bravour, und dann legen die deutschen Spieler denen die Elfer wie die Ostereier - einer nach dem anderen - ins Netz. Endstand: 4:1 nach Elfmeter-Schießen. Das können sie, die Deutschen: Elfmeterschießen, das können die gut…! Und, haben Sie gestern Abend auch das Halbfinale Frankreich gegen Deutschland gesehen?«

»Aber natürlich, Herr Kommissar. Das war für uns Arbeitnehmer mitten in der Woche besser, denn das zeigten sie ja schon ab 19.00 Uhr im Fernsehen. Da hatten die Fußballer schon um 12.00 Uhr mittags Ortszeit in Guadalajara Anstoß: unvorstellbar, in dieser mörderischen Mittagsglut zu spielen…!?«

»Ja, diese Mörderhitze schien sogar das Fußballgenie Michel Platini zu beeindrucken. Da haben die deutschen Kraftmeier diesen französischen Ball-Artisten mit dem 2 : 0-Sieg mal wieder gezeigt, was ne Harke ist, woll!? Denn immerhin sind die Franzosen ja der aktuelle Europameister und keine Laufkundschaft«, diskutierte Bandura fachmännisch mit.

Aber Thorsten Bülow setzte noch einen drauf: »Meiner Meinung nach lag da genau der Schlüssel für dieses Spiel: unser Wolfgang Rolff mit seiner Pferdelung hat einfach den genialen Platini neutralisiert. Deutschland gewann deshalb noch nicht einmal unverdient, weil sie die Franzosen einfach nicht schön spielen ließen…!«

»Ja, unsere Rumpelfußballer…! Wenn die Gauchos aus Argentinien im Endspiel nicht aufpassen, werden die Deutschen womöglich aus Versehn noch Weltmeister…!?« Nach dieser letzten Bemerkung verabschiedete sich Bandura: »Also dann, nix für ungut, Herr Bülow, und nen schönen Tach noch.«

»Joh danke, auch so, Herr Kommissar.«

## Julia Finkensiep

Die 27-jährige rothaarige, 1,71 m große und schlanke Julia Finkensiep mit den vielen Sommersprossen war Banduras neue Kollegin. Die Kommissars-Anwärterin bei der Hagener Kripo kam zu ihm vom KK 11, also vom Kommissariat für Körperverletzung, war ausgebildete Tae Kwon Do-Kämpferin und liebte ebenfalls Katzen.

Nachdem Banduras junge Kollegin Julia Finkensiep verabredungsgemäß von einem Kollegen der Verkehrspolizei nach Hagen-Emst gebracht worden war, traf sie dort ihren Kollegen Bandura, der schon in seinem Dienstwagen vor dem Blumenladen auf sie wartete. Sie stieg zu ihm ein, ließ sich kurz ins Bild setzen, und gemeinsam fuhren sie in Banduras Wagen über die Ampelkreuzung zur Emster Str. 72. Bandura parkte den Dienst-Passat auf dem Ascheplatz, der sich gegenüber dem Haus Emster Str. 72 befand und der sich geradezu zum Parken anbot. Von hier gingen sie an der Ampel über die Straße und musterten das alleinstehende dreistöckige Haus mit dem alten Walmdach, das wohl noch aus den 30er Jahren stammte. Nach ihrem Schellen ertönte der Summer, und die beiden gingen hoch zu Maik Wullings Dach-Wohnung.

»Sie schon wieder?« maulte Wulling, »ich hab mich gerade hingelegt, um etwas nachzuschlafen, bei den ganzen anstrengenden nächtlichen TV-Fußball-Übertragungen.«

»Tja, Herr Wulling,« führte sich Bandura lakonisch ein, »das hätten wir einfacher haben können. Warum haben Sie mich angelogen? Die Kratzer an Ihrem Arm können gar nicht von Ihrer Freundin Carola sein. Sie hatten schon länger keinen Sex mehr mit ihr.«

Maik fühlte sich ertappt, und lügen konnte er eh nicht gut. »Ja ja. Sie haben ja recht. Ich war halt eifersüchtig. Die Kratzer waren gar nicht von Carola, sondern von Gölzenleuchtners Katze. Carola mochte diese Katze inzwischen scheinbar lieber als mich! Und überhaupt das ganze Getue da bei den Gölzenleuchtners...! Der Herr Gölzenleuchtner schwänzelte immer nur so um Carola rum und lächelte sie dauernd an. Da lief doch bestimmt was, bei den beiden...!?«

»Laut Carola nicht. Demnach wäre er immer nur charmant gewesen, « antwortete ihm Bandura.

»Ach, das glauben Sie doch selber nicht!« warf Maik ein, scharf von Julia Finkensiep beobachtet.

»Haben Sie denn Herrn Gölzenleuchtner am Samstag, den 21.Juni 1986, gesehen? Das ist der Tag, an dem er verschwunden ist, « kam Bandura endlich auf den Punkt. »Außerdem gibt es da einen Zeugen für den Streit zwischen Ihnen und Herrn Gölzenleuchtner«, bluffte Bandura, der nach der zuvor erhaltenen Auskunft von Herrn Bülow inzwischen zwei und zwei zusammen zählen konnte.

Wulling brach zusammen: »Ja ja, ich geb's ja zu! Ich war wütend und eifersüchtig, weil Carola sich von mir trennen wollte. Ich wollte den Gölzenleuchtners mal einen Denkzettel geben! Ich ging mit meinem Messer in deren Garten. Als erstes traf ich deren Katze Lilli. Ich packte sie am Schlafittchen und wollte sie ein bisschen mit dem Messer ritzen. Sie jaulte und wehrte sich mit ihren Krallen. Daher habe ich wohl meine Arme zerkratzt. Aber dann kam der olle Gölzenleuchtner dazwischen, schrie mich an und trat mir voll vor den Kopf! Dann war erst mal Filmriss bei mir. Als ich wieder zu mir kam, lag ich im Garten auf dem Plattenweg neben dem Haus und hatte das blutige Messer in meiner Hand. Sonst war da niemand mehr. Ich bin dann schnell mit meinem Messer abgehauen, bevor mich womöglich noch jemand erwischte.«

»Haben Sie denn Herrn Gölzenleuchtner mit dem Messer traktiert?« insistierte Bandura.

»Kann sein«, antwortete Maik verängstigt, »ich hab mich ja gewehrt, als der sich auf mich drauf warf. Vielleicht hab ich ihn reflexartig mit dem Messer geritzt? Aber es ging alles so schnell. Da lag ich schon bewusstlos auf den Platten.«

»Wie lange waren Sie denn eigentlich ohnmächtig?« fragte ihn Bandura.

»Ich weiß nicht mehr, wie lange ich bewusstlos da lag«, entgegnete Wulling, »aber ich glaub, nicht so lange. Als ich wieder zu mir kam, sah ich niemanden mehr und wollte nur noch da weg. Deshalb flüchtete ich in den gegenüberliegenden Emster Park.«

Julia Finkensiep schaltete sich ein: »Herr Wulling, Sie sind vorläufig festgenommen. Wir werden Sie zur Vernehmung auf die Hoheleye mitnehmen. Das wird zumindestens eine Anzeige wegen Körperverletzung und Sachbeschädigung für Sie nach sich ziehen.«

»Sachbeschädigung?« quengelte Wulling, »welche Sache?«

»Die Katze Lilli haben Sie verletzt!« klärte ihn die junge Inspektoren-Anwärterin Finkensiep auf, »das fällt unter Sachbeschädigung.«

»Ach die!?« murrte Maik Wulling noch, ließ sich dann aber widerstandslos verhaften und von Julia Finkensiep die Handschellen anlegen.

In der Küche kramte Bandura noch in der Besteckschublade herum: »Meinen Sie dieses Brotmesser hier mit dem orangefarbenen Griff?«

»Ja ja, das ist es,« gab Maik zu.

Bandura mit seiner grauen Anzugsjacke schwitzte in Wullings erhitztem Appartement wie ein Schwein und freute sich darauf, wieder aus der warmen Dachwohnung raus ins Freie zu kommen. Dabei schaute er neidisch zu seiner jungen Kollegin Finkensiep, die mit leichter hellblauer Bluse und lockerer Leinenhose bekleidet war. Und dann auch noch Wulling mit seinem gelben Muskel-Shirt und seiner großkarierten blauen Boxer-Shorts, dem sie erst mal raten mussten, sich was Ordentliches fürs Polizeirevier überzuziehen.

Bandura und Julia Finkensiep fuhren nun mit Maik Wulling die 350 m zum ‚Tatort Blumenladen'.

»So, jetzt zeigen Sie uns mal, wo und wie das alles so stattgefunden hat«, herrschte Bandura den eingeschüchterten Wulling an. Der zeigte zum Weg an der rechten Seite des Gebäudes. Dort befand sich der Eingang zur Privatwohnung der Gölzenleuchtners. Der Plattenweg führte weiter in den Garten. Die Drei folgten diesem Weg, als Wulling nach etwa 10 Metern stehen blieb und nach unten schaute: »Hier muss es wohl gewesen sein, dass ich mir die Katze geschnappt habe und wo mich der Gölzenleuchtner angegriffen hat.« Dabei zeigte er auf eine der etwa 50 mal 50 cm großen grauen Betongussplatten, auf der man deutlich mehrere dunkle Flecken erkennen konnte, denn es hatte seitdem nicht mehr geregnet.

»Ja, da scheint es sich um Blut zu handeln« vermutete Bandura, »Frau Finkensiep, informieren Sie doch bitte unsere Techniker. Die sollen die Blutflecken mal untersuchen, um die Geschichte eventuell bestätigen zu können, die uns Wulling aufgetischt hat. Und dann schicken Sie jemanden mit einem Spürhund hierher. Der soll mit seinem feinen Näschen an der blutbefleckten Kleidung des Herrn Gölzenleuchtner schnuppern und dann die Spur im Garten, am Gartenhäuschen und im Haus aufnehmen.«

»Ok, mach ich nachher auf der Hoheleye«, antwortete Julia Finkensiep ihrem Chef.

Danach brachten Bandura und Julia Finkensiep Maik Wulling aufs Revier an der Hoheleye. Bei der Vernehmung wiederholte Maik Wulling im Prinzip seine Aussage, die er in seiner Wohnung schon gemacht hatte: »Ja, ich war zu der Zeit in Gölzenleuchtners Garten. Ja, ich habe sogar mit meinem Küchenmesser zugestochen: ja, auf die Katze absichtlich, aber beim Gölzenleuchtner habe ich nur in Notwehr zugestochen! Von einem Toten weiß ich nichts, denn durch den Tritt vom Gölzenleuchtner gegen meinen Kopf wurde ich ja ohnmächtig, wie lange, weiß ich nicht.« Damit war Wullings Aussage im Kommissariat ordnungsgemäß protokolliert.

Da es im Fall des verschwundenen Thomas Gölzenleuchtner einen dringenden Tatverdacht gegen Maik Wulling gab, wurde er erst einmal inhaftiert. Bandura fasste gegenüber Julia Finkensiep zusammen: »Alles passt zusammen beim Wulling. Das Motiv heißt Eifersucht. Die Gelegenheit zur Tat hatte er auch, da er sich zur fraglichen Zeit am Tatort befand. Er versuchte sogar zuerst, seine Tat durch ein falsches Alibi zu verschleiern. Jetzt fehlt uns nur noch die Leiche von Thomas Gölzenleuchtner, dann wäre der Fall geklärt. Also sollen mal die Kollegen mit den Schnüffelhunden los. Vielleicht finden die eine Leiche oder wenigstens ne Spur? Übernehmen Sie das bitte, Frau Finkensiep.«

»Jop, Chef, mach ich gleich.«

Inzwischen hatte Bandura auf der Hoheleye die endgültige Bestätigung erhalten, dass Charly Meschede tatsächlich mitsamt seinem Tross für ein paar

Wochen nach Mexiko verreist war. »Na ja, « dachte sich Bandura, »da hab ich mich wohl zu früh gefreut. Diese Spur können wir vergessen. Sie erwies sich leider nur als ein Gerücht von der jungen Frau Fürstmann. Schade, ich hätte dem obersten Hagener Unterweltboss und seiner Gangsterbande so gerne was angehängt.«

Nach dem Verhör von Maik Wulling bat Julia Finkensiep die Kollegen von der KTU, die Blutflecke zu untersuchen, was diese zeitnah durchführen wollten. Außerdem rief sie bei der Leitungsstelle der Hundestaffel an, ob dort gerade jemand mit einem Spürhund frei war. »Jop«, sie hatte Glück, der Hundeführer Gehring mit seinem Schäferhund Rex war gerade frei. Sie verabredeten sich vor dem Präsidium, wo sie in Gehrings Variant-Kombi mit dem abgetrennten Hundegitter stieg, und zusammen fuhren sie hoch nach Emst. Rex war schon ganz aufgeregt, denn es gab für ihn mal wieder was zu arbeiten. Im Blumenladen schellte Julia Finkensiep die Ehefrau von Herrn Gölzenleuchtner raus, um sich benutzte Kleidung ihres Mannes geben zu lassen. Daran schnupperte Rex mit seiner feinen feuchten Nase und führte sein Herrchen, Polizei-Hundeführer Gehring, an der Leine hinter sich her, bis sie an die Stelle mit den blutbefleckten Platten neben dem Haus kamen, wo Rex ganz aufgeregt schnüffelte und ein ziemliches Theater veranstaltete, indem er sich im Kreise drehte und laut anschlug.

Als das Lilli, die Katze des Hauses mitbekam, flüchtete sie sich ängstlich ins Gebüsch und dachte sich: »*Was ist das denn für ein Krach hier im Garten…!? Was hat denn dieser laute große Hund in meinem Revier zu suchen? Gut, dass der an der Leine ist. Sonst hätte ich noch mehr Angst. Hoffentlich geht der gleich und kommt auch überhaupt nicht wieder…!*«

Rex aber zerrte Gehring immer der Spur nach in den Garten, wo er am Gartenhäuschen wieder das gleiche Theater veranstaltete, besonders als Julia Finkensiep ihm die Tür zum Häuschen öffnete und Rex dort hinein konnte: aufgeregtes Schnüffeln, sich im Kreise Drehen und lautes Anschlagen. Vom Gartenhäuschen führte Rex seinen Tross mit Hundeführer Gehring, Julia Finkensiep und Jytte Gölzenleuchtner ins Haus, erst ins Parterre, dort zum Gästezimmer, wo Rex um das Gästebett sein nun schon bekanntes Tamtam vollführte. »Ja«, kommentierte Jytte, »hier schläft mein Mann manchmal, wenn er erst sehr spät in der Nacht nach Hause kommt, um mich mit meinem leichten Schlaf nicht unnötig zu wecken.« Weiter führte Rex sie in den ersten

Stock, wo er natürlich besonders in Tommys Zimmer Lunte aufnahm. Dann ging es noch in die Garage neben dem Haus, wo ein roter Volvo-Kombi-Diesel stand. Auch hier führte sich Rex wieder ganz wild auf, indem er aufgeregt am Beifahrersitz schnüffelte, sich daneben im Kreise drehte und laut anschlug. Jytte erklärte: »Ja, wir benutzen den Wagen beide. Ich eher für den Blumentransport, Tommy mehr für seine privaten Unternehmungen. Manchmal fahren wir aber auch zusammen aus zum Essen. Wenn Tommy dann was trinkt, fahre ich zurück, und er sitzt auf dem Beifahrersitz.« Als letztes führte Rex seinen treuen »Fan-Club« auch noch in den Keller und dort in die Waschküche, wo er sich mit seiner Nase am Wäschekorb zu schaffen machte, indem er sein nun schon bekanntes Verhalten zeigte, mit aufgeregtem Schnüffeln, sich im Kreise Drehen und lautem Anschlagen. »Ja«, meinte Jytte dazu, »hier liegt natürlich die Schmutzwäsche von Tommy drin. Wollen Sie mal seine stinkigen Sportsocken sehen?« Niemand jedoch von den Polizeibeamten außer Rex hatte gesteigertes Interesse daran, die Sportsocken von Herrn Gölzenleuchtner zu untersuchen.

Da sie erwartungsgemäß nirgendwo im Garten oder im Haus die Leiche von Tommy Gölzenleuchtner fanden, verabschiedeten sich die Beamten von Jytte und fuhren mit dem jetzt sehr zufrieden wirkenden Rex zurück aufs Polizeipräsidium Hoheleye.

Maik Wulling musste allerdings von der Polizei nach 48 Stunden wieder freigelassen werden, da ihm keine Tötungsabsicht nachgewiesen werden konnte. Denn auch für den impulsiven Wulling galt die gesetzliche Grundregel »in dubio pro reo«, also im Zweifelsfall für den Angeklagten. Die Polizei musste ja generell in beide Richtungen ermitteln: in Richtung einer Schuldzuweisung für Wulling, genauso wie in Richtung einer Unschuldsvermutung für dieselbe Person. Und da noch nicht einmal eine Leiche vorhanden war, konnte natürlich von einem Tötungsdelikt überhaupt nicht die Rede sein. Das einzige, wofür sich Maik Wulling auf jeden Fall verantworten müsste, würde die sogenannte Sachbeschädigung sein, weil er ja sogar selbst zugegeben hatte, die Katze Lilli mit seinem Brotmesser verletzt zu haben. »Da werden Sie demnächst eine richterliche Vorladung bekommen, aber Sie werden wohl mit einer Geldstrafe davon kommen«, verabschiedete Julia Finkensiep den jungen Schweißerlehrling Maik Wulling.

# Bodo Zeterlich

Drei Wochen nach dem Verschwinden ihres Ehemannes Tommy erkundigte sich Jytte Gölzenleuchtner telefonisch bei ihrer Versicherung Milan: »Hallo, bin ich dort richtig wegen der Auszahlung einer Lebensversicherung?«

»Ja, da sind Sie hier richtig bei Versicherungsgesellschaft Milan. Dann verbinde ich Sie mal weiter mit der Leistungsabteilung. Momentchen bitte…« Damit wurde Jytte weiterverbunden: «Hallo, mein Name ist Lettmann von der Leistungsabteilung. Womit kann ich Ihnen helfen?«

»Ja, das ist Folgendes«, erklärte ihm Jytte, »mein Mann Thomas Gölzenleuchtner hat bei Ihnen vor einigen Jahren eine Risiko-Lebensversicherung abgeschlossen. Jetzt ist er schon seit drei Wochen verschwunden. Die Polizei ist auch schon eingeschaltet worden, denn es wurden blutige Kleidungsstücke meines Mannes in unserem Garten gefunden. Wohlmöglich ist er ermordet worden…!? Aber der Polizei fehlt bisher jegliche Spur von meinem Mann. Jetzt wollte ich mich mal nach der Auszahlung der Versicherungsprämie erkundigen.«

»Oje, das geht so aber nicht, Frau Gölzenleuchtner. Wenn Ihr Mann nur verschwunden ist, dann haben wir noch keinen Versicherungsfall, der eine Auszahlung der Versicherungsprämie gerechtfertigt. Denn ohne Leiche kann ja der Tod Ihres Mannes nicht belegt werden, und somit können wir Ihnen auch keine Versicherungsprämie auszahlen. Tut mir leid. Aber warten sie…«, wollte Herr Lettmann Jytte trösten, »ich werde Sie mal mit unserer Rechtsabteilung verbinden. Vielleicht können die Ihnen ja noch Genaueres mitteilen. Ich sag schon mal Tschüß…« Wieder wurde Jytte telefonisch weiter geleitet: «Hallo, hier Zeterlich von der Rechtsabteilung. Was kann ich für Sie tun?«

Jytte erklärte sich und ihr Anliegen nun schon etwas ungeduldiger zum zweiten Mal.

»Ja, Frau Gölzenleuchtner, da hat Ihnen der Kollege Lettmann von der Leistungsabteilung schon das richtige gesagt. Ein Verschwundener ist verschwunden und nicht unbedingt tot. Und gar von Mord kann ja auch solange nicht die Rede sein, bis es keine Leiche gibt. Salopp gesagt: ,ohne Leiche keine Kohle…' Denn der Tod Ihres Mannes ist ja nicht erwiesen. Also können wir Ihnen natürlich auch die Versicherungsprämie nicht auszahlen. Sorry. Aber ich werde in den nächsten Tagen einen Mitarbeiter zu Ihnen schicken, dem Sie die Umstände um das Verschwinden Ihres Mannes noch mal genau schildern können. Mehr kann ich im Moment für Sie leider nicht tun. Einen schönen Tag noch«, beendete Zeterlich das Gespräch.

»Danke für die Auskunft«, antwortete Jytte und legte nachdenklich den Hörer auf.

Kowalskis »Chefe« Bodo Zeterlich, Rechtsabteilungs-Leiter der Versicherungsgesellschaft Milan, war ein dicklicher Gemütsmensch mit Halbglatze und Schmierbauch. Er rief Kowalski am nächsten Morgen in seinem Dortmunder Büro zu sich: »Hör mal, Kowalski, jetzt nach der Fußball-WM in Mexiko ist doch eh Sommerloch. Alle sind im Urlaub, und nix Großartiges passiert hier, außer diesem blutigen Vorfall in Hagen mit diesem geheimnisvoll verschwundenen Tommy Gölzenleuchtner. Denn dort soll angeblich ein Mord geschehen sein, meinte jedenfalls gestern bei einem Telefonat die Ehefrau von diesem Gölzenleuchtner. Sie befragte mich wegen der Auszahlung ihrer Lebensversicherung. Bekommt sie aber erst mal nicht, denn: Keine Leiche, keine Kohle... Fahr doch mal bei dieser Floristin, Jytte Gölzenleuchtner vorbei, und fühl ihr ein bisschen auf den Zahn. Vielleicht bekommst du da ja was raus? Und wir hätten den Fall vom Tisch. Du wohnst doch auch in Hagen. Kommste halt mal irgend einen Tag später ins Büro und machst stattdessen vorher einen Abstecher zu dieser Jytte, die ist nämlich Dänin. Denn du sprichst ja auch noch Dänisch. Ist ja nen Fall wie für dich gebacken, Kowalski.« Diesen Fall hatte er Kowalski deshalb zugeschustert, weil ihm die Dänisch-Kenntnisse seines Mitarbeiters bekannt waren. Denn in den 70er Jahren hatte Kowalski eine dänische Freundin gehabt. In einem Anfall von Liebeswahn zu seiner Kirsten aus Jütland hatte er in einem Jahr in den zwei Semestern an der Germanistik-Abteilung der Ruhr-Universität Bochum soviel Dänisch gelernt wie er vorher fürs Englisch-Lernen in neun Jahren benötigt hatte, und auf jeden Fall weitaus mehr, als er von vier Jahren Französisch-Lernen noch übrig behalten hatte. Jedenfalls sprach Kowalski seitdem fließend Dänisch und benutzte seine Kenntnisse immer gerne bei jeder Gelegenheit dazu, um in Skandinavien-Urlauben den Einheimischen ein Gespräch über Banalitäten aufzuzwingen, ob sie es wollten oder nicht.

»O.K., Chefe, ich ruf die Gölzenleuchtner an und mach nen Termin mit ihr aus,« antwortete Kowalski seinem Vorgesetzten.

Kowalski hatte sich zu einem relativ guten und erfolgreichen Versicherungsangestellten in der Rechtsabteilung seiner Versicherung hochgearbeitet, weil er sich gut auf Menschen einstellen konnte und die menschlichen Schwächen wie Stärken kannte. Er überblickte aber auch hervorragend vielschichtige knifflige Situationen; und er blieb in seinem Beruf den kriminellen Gegenspielern auf der Spur wie einst Berti Vogts seinen stürmenden Gegenspielern mit Terrierartiger Verbissenheit. Denn er konnte zwischen Gefühlen, Blicken, Worten und Ereignissen kombinieren. Wo andere Versicherungen ihre Mitarbeiter zu Schulungen schickten, in denen sie darauf getrimmt wurden, kritisch zu sein und auf Ungereimtheiten zu achten, hatte Kowalski durch seine kritische wissenschaftliche Ausbildung bei den Sozialwissenschaftlern eh schon ein gewisses Misstrauen entwickelt. Demzufolge war er im Laufe der Zeit einigen Versicherungsbetrügen auf die Schliche gekommen, die zwar geschickt getarnt gewesen waren, aber trotzdem irgendwelche Ungereimtheiten aufgewiesen hatten. Diese Versuche von Versicherungsbetrug hatte Kowalski durch Erfahrung, Hartnäckigkeit und Kombinationsgabe aufdecken können und somit seiner Versicherungsgesellschaft schon einiges an Versicherungsauszahlungen erspart.

Kowalski war zwar einerseits ziemlich clever, aber trotzdem nicht gerade sonderlich beliebt bei seinen Vorgesetzten, weil er zu häufig sagte, was er dachte: und das mögen ja bekanntlich nicht alle Vorgesetzten gleich gut leiden…!

Zwischen Zeterlich und Kowalski lief es dagegen ganz gut. Sie hatten sich im Laufe der letzten zehn Jahre, in denen Kowalski bei der Versicherung zusammen mit dem knapp zehn Jahre älteren Bodo Zeterlich arbeitete, ein gegenseitiges Frotzeln als Umgangston angewöhnt. Das führte zwar keineswegs zu einer Männerfreundschaft, aber sie duzten sich immerhin schon einige Jahre lang und hatten sich ein für beide angenehmes Betriebsklima »erarbeitet«. So kam es dann auch irgendwann automatisch zu ihren gegenseitig gut gemeinten Anreden »Chefe« und »Kowalski«.

Kowalski sollte also nun bei der dänischen Floristin wegen einer eventuellen Auszahlung einer Lebensversicherungssumme von 1.000.000,-- DM ermitteln, ob da tatsächlich ein Todesfall oder gar Mord vorlag.

# Danny Kowalski

Der erste Besuch von Danny Kowalski bei Jytte Gölzenleuchtner wurde nach einem Telefonat zwischen den beiden für einen Donnerstagvormittag im Juli 1986 terminiert. So fuhr er also in Hagen das Wasserlose Tal hoch und hörte dabei die Musik aus seinem Autoradio-Recorder, in der er seine Neue Deutsche Welle-Kassette eingeschoben hatte. Nena verkündete ihm gerade, von wem sie 1982 »nur geträumt« hatte:

*»Ich hab' heute nichts versäumt*
*Denn ich hab' nur von dir geträumt*
*Wir haben uns lang nicht mehr gesehn*
*Ich werd' mal zu dir rübergehn*
*Alles was ich an dir mag, ich mein das so wie ich es sag*
*Ich bin total verwirrt*
*Ich werd' verrückt wenn's heut passiert«*

»Ach ja,« dachte Kowalski, »die Nena kommt ja hier aus Hagen.« Er hatte sie 1981 mit ihrer Gruppe »The Stripes« beim »Sockenball« in der Ischeland-Halle live erlebt. »Damals schrie sie noch ziemlich schrill ins Mikro, die gute Nena Kerner, »erinnerte sich Kowalski, »und jetzt hört sich ihre Stimme so voll und abgerundet an. Was ein professionelles Tonstudio alles aus einer nicht ganz so tollen Stimme machen kann...!?«

Mittlerweile näherte sich Kowalski dem etwas betuchteren Stadtteil Emst, auf einer Bergkuppe gelegen, während ein anderer Hit der Neuen Deutschen Welle aus seinen hoch geboosterten Autoboxen dröhnte: »Bruttosozialprodukt« von Geier Sturzflug. »Das ist ja man nen Dingen,« räsonierte Kowalski vor sich her, während er den flotten Reggae von 1983 dieser angesagten Ruhrgebietsgruppe auf seinem Lenkrad mitklopfte: »der Bobo macht jetzt bei denen den dauernd zugekifften Bassisten! Dabei war er vor zehn Jahren noch der eloquente wissenschaftliche Assistent Borowski bei Prof. Leo Kofler am roten sozialwissenschaftlichen Institut der Ruhr-Uni Bochum...! Damals konnte ich ihn wegen seiner Verwendung von vielen Fremdwörtern und vor lauter dialektischem Materialismus kaum verstehen. Und jetzt Geier Sturzflug. Ja, the times they are changing...!« Er selber hatte vor 10 Jahren das SoWi-Studium in Bochum hingeschmissen, als er nach 8 Semestern Sozialwissenschaftsstudium feststellen musste, dass dieses für ihn früher eher als fortschrittliches ‚linkes' Studium angesehene Fach eigentlich genauso ein Herrschaftsinstrumentarium darstellte wie sein jetziger Job bei der Versicherung. Denn wenn durch Hin- und Herlavieren von statistischen Methoden die angeblich ‚wissenschaftlichen' Ergebnisse von Erhebungen so benützt werden können, dass hinterher das Ergebnis feststeht, was vorher als Theorie gewollt wurde, dann kann jede Macht mit solch einer wissenschaftlichen Methode alles beweisen und belegen, was sie nur will! Man muss es nur in schönen Schaubildern mit ‚Kuchenstücken' oder Stabdiagrammen optisch aufarbeiten, dann glaubt es das Volk, als wäre es die hehre Wahrheit.

Oben auf der Bergkuppe wandte sich Kowalski nach rechts in die Emster Straße und befand sich jetzt »auf Emst«, wie die Emster entgegen jeder grammatikalischen Regel, aber stolz ihren hoch über Hagen liegenden Stadtteil nennen. Nach 300 Metern ließ Kowalski seinen etwas verlottert wirkenden Passat-Kombi auslaufen. Mit den letzten Reggae-Takten des »Bruttosozialproduktes« stellte er den Radiorekorder ab, denn er war an seinem Ziel angekommen. Interessiert musterte er die Umgebung der Blumenhandlung Gölzenleuchtner.

»Ihre Floristin auf Emst«: auch auf dem über der Ladentür hängenden Schild der angedeutete Lokalpatriotismus wider die Grammatik.

Der 1,75 m große athletische Versicherungsangestellte verließ seinen ungepflegten, ehemals weißen Kombi, um sich dieses mysteriösen Falles anzunehmen. Wie Kowalski mit einem Runzeln der Stirn und einem vor sich aufsteigenden Fragezeichen im Polizeibericht gelesen hatte, handelte es sich bei diesem vermeintlichen Todesfall im Grunde gar nicht um einen Mord, da die dafür erforderliche Leiche nicht vorhanden war. Ja, es war nicht einmal klar, ob es überhaupt einen Toten gab.

... ... ... ... ...

Jytte Gölzenleuchtner musste erst von der hübschen dunkelblonden Azubi Carola aus dem Orchideenhaus geholt werden, wo sie sich immer besonders gern aufhielt. Denn nicht nur Jytte, sondern auch viele andere Menschen empfinden Orchideenblüten als etwas besonders Schönes. In Verbindung mit der sexuellen Nebenbedeutung wird daher oft eine äußerst hübsche Frau als Orchidee bezeichnet, wie im Film »Wilde Orchidee«. Das passte ja alles wunderbar zur Attraktivität der schönen Jytte, bloß dass sie Kowalski im ersten Moment eher als kühle Blonde denn als leidenschaftliche Wilde vorkam.

Als Kowalski sich immer noch über die Begründung von Zeterlich wunderte, dass er diesen Fall wegen seiner Dänisch-Kenntnisse übernehmen sollte, nach dem Motto: »Als ob ich vielleicht die Frau Gölzenleuchtner in Dänisch zum Plaudern bringen soll…!? Wir sind schließlich in Hagen, und hier wird Deutsch gesprochen«, also beim Immer-noch-Wundern revidierte er sofort seine muffelige Einstellung zu diesem Fall, nachdem er Jytte Gölzenleuchtner von Angesicht zu Angesicht zu sehen bekam.

»Whow!« dachte der ledige Kowalski, »der Fall scheint interessant zu werden.« Zumindest erschien ihm interessant, was er da im Floristenladen auf sich zuschweben sah: ein blonder Engel aus Skandinavien mit einer wunderschön geformten Taille, zwischen einer ebenso gebauten Hüfte und zwei schlagenden Argumenten in der Bluse. Die sportliche und sehr modische Jeans in Kombination mit einer türkisfarbenen Bluse unterstrich Jyttes vielversprechende Figur und bot gleichzeitig einen farblich hervorragend harmonierenden Kontrast zum hellen Blond ihrer locker über die Schultern fallenden halblangen Haare und dem strahlenden Kornblumenblau ihrer Augen.

Kowalski beschäftigte sich erst einmal völlig unbefangen mit Staunen: »Diese Frau könnte sofort die Nr. 1 meiner Traumwelt, meiner nächtlichen feuchten Träume werden, oder besser noch: meiner nächtlichen Wirklichkeit…!«

Kowalski hatte sichtlich Mühe, sich auf sein Anliegen zu konzentrieren. Zwar hatte er schon öfters schöne Frauen gesehen, aber da er normalerweise zu schüchtern war, eine ihm angenehm auffallende Dame anzusprechen, kam ihm sein Job dieses Mal sehr entgegen. Es gab doch für einen normalen Mann wie Kowalski auf dem Kommunikationssektor relativ wenig, was ihm verlockender erschien, als mit einer attraktiven jungen Frau zu plaudern. Jedenfalls wenn Kowalski mal von den wenigen Freunden absah, mit denen er über die Gespräche mit attraktiven Frauen reden konnte…

Die ungefähr 1,65 m große Erscheinung vor ihm entpuppte sich tatsächlich als die von ihm zu befragende Jytte Gölzenleuchtner.

Während er sie musterte, grübelte er darüber nach, ob es sich vielleicht ja doch um einen Mord handelte, da der 36-jährige Floristinnengatte Thomas Gölzenleuchtner nun seit über drei Wochen verschwunden war. »Verschwinden tun zwar viele Männer ihren Frauen oder auch Frauen ihren Männern mal für ein paar Tage oder Wochen«, dachte Kowalski, »aber dafür lassen sie dann nicht gleich immer blutige Kleidungsstücke zurück…!« Na ja, um Rätsel aufzulösen, ist der 35-jährige Kowalski ja bei der Rechtsabteilung seiner Versicherungsgesellschaft gelandet, die sich unter anderem mit der Aufklärung von unklaren Versicherungssituationen beschäftigte.

»Einen wunderschönen g – g - guten Tag, « stammelte dann auch der etwas verwirrte Kowalski, indem er ihr seinen Dienstausweis in berühmt-berüchtigter Manier vor die hübsche Nase hielt, »Kowalski, Milan-Versicherung. Ich komme wegen der Lebensversicherung Ihres verschwundenen Mannes.«

»Sind Sie der Versicherungsdetektiv?« fragte ihn dann Jytte.

Kowalski erklärte ihr, dass solche Begriffe früher nur in Kriminalfilmen oder in amerikanischen Krimis vorkamen: »Nein, ich bin Mitarbeiter der Rechtsabteilung Ihrer Versicherungsgesellschaft Milan.«

Das war sicherlich kein populärer Schritt, damals vor elf Jahren nach dem abgebrochenem sozialwissenschaftlichen Studium bei einer Versicherung anzufangen, die ja für den revoltenbewegten Achtundsechziger Danny Kowalski immer eher eine verachtungswerte Institution darstellte. Mit seiner damals ad absurdum geführten Einstellung zur Sozialwissenschaft im Kopf und mit dem frisch erlebten Schmerz der Trennung von seiner geliebten dänischen Freundin Kirsten stand er vor elf Jahren ein wenig »neben« sich. In extremen emotionalen Situationen reagierte er immer gerne etwas außergewöhnlich: das war damals sein Studiums-Abbruch und der Start bei der Versicherungsgesellschaft, den er allerdings bisher schon mehrfach bereut hatte. Seine damaligen Freunde aus der Studentenbewegung verstanden ihn am allerwenigsten, manchmal er selber sich auch nicht…!

»Aber Versicherungsangestellter ist genauso ein Job wie Marktforscher, Sozialarbeiter oder Fußballprofi: alle unterstützen sie das System, kitten das bröckelige Gesellschaftssystem, halten es zusammen,« grübelte Kowalski, »nur jeder hat eine andere Uniform: dezentes Sakko, blaue Lewisjacke oder roter Adidas-Trainingsanzug. Was macht das schon für einen Unterschied: Jacke ist Jacke; und Jacke wie Hose…!« Allerdings freute sich Kowalski, dass er gerade den Part im Sakko innehatte, weil er dadurch Gelegenheit zu diesem Gesprächstermin mit einer äußerst attraktiven jungen Dänin bekommen hatte.

Als eine Kundin den Blumenladen betrat, rief Frau Gölzenleuchtner in die rückwärtig liegenden Räume nach dem Lehrmädchen Carola, die in ihrem kleidsamen pinkfarbenen Benetton-Outfit erschien, um die neue Kundin zu bedienen.

Jytte Gölzenleuchtner führte Kowalski durch einen Blumenbinde-Raum in ihr Büro. Unterwegs dorthin konnte Kowalski durch ein Fenster einen Blick nach draußen erhaschen, wobei er auf zwei Gewächshäuser im Garten hinter dem Haus schaute.

Im Büro bot Jytte ihm aus einer eingeschalteten Kaffeemaschine einen Kaffee an, den er dankend und froh annahm. Denn so konnte er erstens seinen Geschmack im Mund verbessern, und zweitens hatte er etwas mit seinen nervösen Händen zu tun: nämlich Kaffeetasse aufnehmen, Kaffeetrinken, Kaffeetasse absetzten.

Seit Kowalski sich vor nunmehr fünf Jahren das Zigarettenrauchen abgewöhnt hatte, dienten ihm gerne andere Gegenstände in den Händen als ‚Beschäftigungstherapie'. Aber besonders in dieser Situation, in der Gegenwart dieser äußerst hübschen Person, war Kowalski froh, die Aufwärmphase mit einer Tasse wohlschmeckenden Kaffees zu überbrücken. Jytte selber schenkte sich auch eine Tasse Kaffee ein, steckte sich eine Filterzigarette an, zog das Nikotin mit der Lust am ersten Zug gierig und tief ein und bot Kowalski beim Ausatmen des Rauchs auch einen Glimmstängel aus ihrer Schachtel an.

»Danke, ich habe mir das Rauchen abgewöhnt.« Sie stieg sofort mit ein, in den freundlichen Zug der Banalitäten und antwortete: »Wie schön für Sie.«

Dabei sprach sie »schön« wie »szön« aus, weil die Dänen das »sch« nicht so gut sprechen können, was sich aber irgendwie süß und sympathisch anhört. Alle Skandinavier, die zwar gut deutsch sprechen, aber noch nicht akzentfrei, hören sich für uns Deutsche irgendwie niedlich an. So auch jetzt Jytte, als sie kein richtiges »sch« modulierte, sondern daraus ein scharfes »s« machte.

Während sich Kowalski mit Jytte in ihrem Büro unterhielt, klingelte das Telefon.

»*Gölzenleuchtner*«, meldete Jytte sich. »*Hi elskede, hvordan har du det?*« fuhr sie fort, um mit erstaunter Stimme zu fragen »*du har ingen penge?*«

Sie wusste ja nicht, dass Kowalski Dänisch verstand, der sofort innerlich aufmerksam wurde, als sie mit »Hallo Liebling, wie geht's Dir?« begann, um die Frage »Du hast kein Geld mehr?« anzuschließen.

Jytte telefonierte weiter: »*Nej? Men, du skul have fik denne!*« Dabei grinste sie Kowalski schelmisch an, weil sie dachte, er würde das dänische »*fik*« als das deutsche »Ficken« verstehen. Dabei wusste er, dass sie nur fragte: »Nicht? Aber du musst es doch bekommen haben!«

»*Nej, ... skal jeg sender dig nyen penge? ... Joh ... Farewell, elskede!*« schloss sie ihr Telefonat ab.

Kowalski erfuhr also: »Nein ... soll ich Dir neues Geld senden? ... Mach's gut, Liebling!«


»Ertappt!« dachte sich Kowalski, »sollte sie womöglich einen Geliebten von früher in Dänemark haben, so dass ihr das Verschwinden ihres Mannes gerade recht kam...!? Oder reden die sich innerhalb ihrer Familie mit ,*elskede*' an...?«

Im Zusammenhang mit dem Telefonat fiel Kowalski auf, dass Jytte ihm erst nach ihrem ersten Zug auch eine Zigarette angeboten hatte. Er wusste noch aus seiner Zeit als aktiver Raucher, dass man eigentlich aus Höflichkeit seinem Gegenüber zuerst die Schachtel mit den Fluppen hinhielt.

»Also scheint sie wohl etwas nervös zu sein...!?« dachte Kowalski.

Jytte war tatsächlich nach dem Telefonat etwas nervös und steckte sich erneut eine Zigarette an, Marke Prince Denmark. Und Kowalski wunderte sich zu Recht, wo Jytte diese in Deutschland doch relativ seltene Sorte her bekam, die sie rauchte. »Mein einziger Luxus«, kommentierte sie ihre dänischen Zigaretten.

»Also, was kann ich für Sie tun?« fragte sie Kowalski.

»Na ja,« antwortete dieser, »eigentlich wollen Sie ja was von uns und nicht umgekehrt.«

»Ach ja«, meinte Jytte, »wegen meines Anrufs, wie es mit der Auszahlung der Versicherungssumme aussieht...!?«

»Genau,« meinte Kowalski, »im Moment ist da gar nix zu machen. Wir haben ja von Ihrem Mann keine Leiche, sondern nur ein paar blutige Kleidungsstücke, wie ich dem Polizeibericht entnommen habe. Er ist und bleibt ja bisher nur als vermisste Person gemeldet. Eine Auszahlung der Versicherung wäre ja nur im Todesfall Ihres Mannes möglich. Aber von dem Fall wollen wir doch wohl nicht ausgehen, oder...!?«

»Nein, nein, natürlich nicht«, antwortete Jytte für Kowalski eine Spur zu schnell, um dann abzuwiegeln: »ich hoffe ja auch, dass er auf einmal wieder heile nach Hause zurück kommt.«

»Na, schauen wir mal, wie's so weiter geht,« entgegnete ihr Kowalski, »vorerst geben Sie mir doch bitte mal ein aktuelles Foto von Ihrem Mann.«

»Ja, Moment, ich hol schnell eines von oben aus dem Fotoalbum«, antwortete sie, um mit aufreizenden Bewegungen ihres nett anzusehenden Hinterteils die Treppe hoch zu gleiten.

Kowalskis Aufmerksamkeit wurde jedoch durch eine schwarze Katze abgelenkt, die bei seinem Erscheinen rasch nach oben huschte. Er versuchte, das Interesse des scheuen Tieres zu erregen, und setzte sich auf eine Treppestufe. Tatsächlich kam die schwarze Katze neugierig die halbe Treppe herunter, um ihn zu beäugen.

»Das ist unsere Lilli«, kommentierte die zurück gekommene Jytte, »und das ist ein Foto von Tommy aus diesem Jahr.« Damit gab sie Kowalski ein Farbfoto, das einen blonden großen Mann mit verwegenem Vollbart zeigte.

»Danke schön, Frau Gölzenleuchtner. Dann verabschiede ich mich fürs Erste. Kann gut sein, dass ich noch mal mit Ihnen sprechen muss. Einen schönen Tag noch.«

## Kowalski und Bandura

Kowalski hatte sich mit Kommissar Bandura telefonisch verabredet, der erst mürrisch und widerwillig reagierte, dann aber doch einem Treffen für den 22. Juli 1986 in seinem Büro im Polizeipräsidium auf der Hoheleye zustimmte. Dazu fuhr Kowalski in den Nordosten der Hagener Innenstadt, weil das Polizeipräsidium der Hagener idyllisch am Fleyer Wald lag. So konnte er natürlich auch seinen alten Variant zwischen jeder Menge Bäume parken. Begierig sog er die frische Waldluft ein, bevor er sich dann zur Pforte des Polizeihochhauses wandte. Von da wurde er aber überraschend wieder raus geschickt, um links um das Gebäude herum zu einem Seiteneingang zu gehen. Hier drückte er den Klingelknopf rechts neben der verschlossenen Tür. Über die Gegensprechanlage stellte er sich vor und wurde von Bandura persönlich an der Tür abgeholt, der ihn in sein Büro im ersten Stock führte. Kowalski musterte das Büro interessiert. Sein Blick blieb am leeren zweiten Bürostuhl dieses offensichtlichen Doppelzimmers hängen, das hauptsächlich von zwei großen Schreibtischen dominiert wurde, die sich gegenüber standen. Bandura bemerkte das und erklärte: »Normalerweise sitze ich hier mit meiner jungen Kollegin Julia Finkensiep zusammen. Doch sie ist im Moment wegen einer anderen Angelegenheit im Außendienst.«

»Aha«, verstand Kowalski sofort und wusste deshalb auch, warum es von rechts so sommerblumig weiblich duftete, obwohl gar keine Frau im Büro war. Durch das Fenster konnte Kowalski die Bäume des Fleyer Waldes sehen. Er wandte sich nach links, wo sich Bandura bereits hinter seinen Schreibtisch in seinen bequemen Bürostuhl verpflanzt hatte. Bandura bot ihm mit einer Geste seiner rechten Hand einen der beiden hölzernen Besucherstühle an: »Bitte sehr, Herr Kowalski, setzen Sie sich doch.«

Das tat Kowalski auch, um sich nach dem Stand der Ermittlungen im Falle des verschwundenen Thomas Gölzenleuchtner zu erkundigen: »Wie sieht es aus, Herr Kommissar, was gibt es Neues über unseren gemeinsamen Vermissten? Er ist ja jetzt immerhin schon seit einem Monat verschwunden. So lange recherchiere ich ja in diesem Fall schon für meine Versicherung.«

Bandura antwortete flapsig: »Dafür werden Sie ja auch bezahlt!«

Kowalski konterte trocken: »Sie aber auch!«

Bandura schluckte, denn er wusste, dass Kowalski damit eigentlich recht hatte. Er war zwar ein ‚Bulle vom alten Schrot & Korn’, aber er fühlte sich auch als ein ‚guter Bulle’: also jemand, der vom Staat, also von der Bevölkerung bezahlt wurde, damit er den Menschen ‚dienen’ sollte. Ganz im Gegensatz zu manchen taffen modernen Polizeibeamten, die die Autorität der Staatsmacht als Selbstzweck missbrauchten und die der Ansicht waren, dass eher das Volk ihnen zu dienen hätte als umgekehrt. Deshalb schlug er im Gespräch mit Kowalski auch wieder moderatere Töne an: »Ja, wissen Sie, Herr Kowalski, jedes Jahr verschwinden in Deutschland rund 1000 Menschen. Deshalb muss man ja beim Herrn Gölzenleuchtner nicht gleich von einem Todesfall ausgehen. Vielleicht ist er auch nur verschwunden, nachdem er kurz mal Zigaretten holen wollte. Jedenfalls scheint der Fall für uns erst mal abgeschlossen. Herr Gölzenleuchtner bleibt verschwunden. Keine Leiche bedeutet wohl für Sie auch, ‚keine Kohle' an Frau Gölzenleuchtner auszuzahlen, oder...!?«

»Ja, so isset. Zumindestens zunächst. Aber da gibtet ja auch noch das sogenannte Verschollenheitsgesetz, wonach man einen Vermissten nach zehn Jahren für tot erklären lassen kann. Aber bis dahin wird noch viel Wasser die Volme runter geflossen sein. Aber was anderes: bei diesem Vorfall hat es doch auch Blutspuren gegeben. Was ist denn bei den Untersuchungen eigentlich heraus gekommen? Das ist immerhin jetzt schon einen Monat her.«

»Ja tatsächlich«, antwortete Bandura bereitwillig, »es hat einen blutigen Kampf gegeben. Maik Wulling hat es ja sogar zugegeben, dass er sich mit seinem Messer gegen den tobenden Thomas Gölzenleuchtner zur Wehr gesetzt hat. Aber er wusste nicht mehr, was weiter geschehen war, denn Gölzenleuchtner hatte bei ihm ja anscheinend so stark zugetreten, dass Wulling ohnmächtig wurde. Tja, Herr Gölzenleuchtner wurde also wohl verletzt und verlor viel Blut. Aber was aus ihm wurde, weiß ich auch nicht. Unsere Ermittlungen sind bisher im Sand verlaufen. Er ist halt nach wie vor verschwunden. Und die KTU-Ergebnisse...«

»Die was für Ergebnisse? Was ist denn das: KTU?« unterbrach ihn Kowalski.

»KTU heißt kriminal-technische Untersuchung«, erklärte Bandura stolz, natürlich nicht ahnend, dass die aktuellen Untersuchungsmethoden der deutschen Polizei von 1986 zwanzig Jahre später mit den allseits beliebten DNA-Vergleichen als antiquiert erscheinen würden. »Ja also, die Untersuchungen haben ergeben, dass es sich bei dem Blut um drei verschiedene Sorten handelt: einmal Tier- und zweimal Menschenblut. Das Tierblut stammte von Frau Gölzenleuchtners Katze, die von Maik Wulling verletzt worden war. Eine der beiden Menschenblut-Proben stimmte mit der Blutgruppe von Wulling überein, der ja wiederum von der sich wehrenden Katze verletzt wurde. Von der größten Blutlache auf dem Plattenweg haben wir ebenfalls die Blutgruppe festgestellt, die sich aber von Wullings Blutgruppe unterscheidet. Sie stimmte allerdings auch mit der Blutprobe auf Wullings Küchenmesser überein, auf dem trotz seines Abspülens noch Blutspurenreste gefunden wurden. Dieses

Blut stammte wahrscheinlich von Thomas Gölzenleuchtner. Aber da er verschwunden ist, konnten wir das bisher noch nicht überprüfen.«

»Ja, danke für die Auskunft, Herr Kommissar.«

Plötzlich hatte Bandura so was wie ne Eingebung: »Hömma, Herr Kowalski, können Sie eigentlich Polnisch? Oder sind Sie n bisken watt bewandert mitte polnische Kultur?«

Verunsichert antwortete Kowalski auf diesen plötzlichen Ausfall Banduras: »Nee, eigentlich nich. Ich heiß nur Kowalski. Wie Sie Bandura. Und all die anderen Koslowskis, Szymaniaks und Matuschewskis im Ruhrgebiet…!«

Bandura: »Ja, weil nämmich Kowalski, so wird im Polnischen einer genannt, der kommt zu deiner Frau, wenn'se nich zu Hause bist…!«

»Wie meinen Sie das denn jetzt, Herr Bandura?«

Bandura: »Ich mein gar nix. Ich sachet nur man so! Im Polnischen kommt der Name Kowalski doch ziemlich häufig vor. Und wenn dann ein paar Kollegen zusammensitzen, wird schon mal aus Spaß gesagt: ‚Na, war wieder ma der Kowalski bei dich zu Hause…?' Kowalski is halt so einer, der kommt, wenn'se wech bist. Datt haben die Polen aus meiner entfernten Verwandtschaft mir mal vatällt.«

»Jau eh, da bin ich aber beruhigt, datt Sie mir datt über meinen Namen au endlich mal verraten haben…!« Kowalski ereiferte sich weiter: »Außerdem, ich kenn keine Frau, wo der Mann nicht zu Hause ist.«

Bandura: »Nee, wirklich? Wir haben doch so'n gemeinsamen Fall mitti Familie Gölzenleuchtner. Da ist doch der Mann von wech…! Da könnten Sie sich doch so als ne Art Undercover-Mann mal mit der Dame anfreunden…!?«

»Also wirklich, Herr Kommissar! Sie haben vielleicht Ideen!?«

»Ja, ja, ich mein ja nur, wo Sie doch Kowalski heißen. Und der Mann vonne Gölzenleuchtner is au noch wech! Vielleicht geht da ja watt!? Und vielleicht würden Sie da ja sogar watt rauskriegen…!?«

»Herr Kommissar, ich muss schon bitten! Das mit dem polnischen Kowalski vergessen Sie mal wieder. Wir sind hier schließlich in Hagen…!«

# Jytte und Kowalski

Kowalski kam zwei Tage später noch zu einem zweiten Besuch zu Jytte, weil ihm eingefallen war, er könnte sich doch mal nach den letzten Urlaubsplänen von Thomas Gölzenleuchtner erkundigen.

Da bemerkte er wieder die scheue schwarze Katze, die bei seinem Erscheinen rasch die halbe Treppe hoch verschwand. Er setzte sich auf eine Treppenstufe und redete beruhigend auf sie ein, wobei er ihr vorsichtig seine Hand zum Schnuppern hin hielt. Die schwarze Katze war neugierig und kam wieder herunter.

»Die scheint Sie ja sehr zu mögen«, meinte Jytte, »normalerweise ist sie immer schon schnell verschwunden, wenn ein Fremder auftaucht. Erst recht nach dem blutigen Vorfall mit Tommy.« Damit führte sie ihn in das im Parterre liegende Wohnzimmer. Das »schnell verschwunden« sprach sie wieder eher wie »*snell verswunden*« aus. Das ließ Kowalski einen angenehmen Schauer der Erinnerung über den Rücken jagen, denn es klang genauso wie damals bei seinem beliebten Spielchen zwischen seiner dänischen Freundin Kirsten und ihm, als er sie immer »Hubschrauber« sagen ließ, und »*Hubsrauber*« bei ihr herauskam…! Das hörte sich für uns Deutsche ziemlich sympathisch an, genauso übrigens wie das Dänisch-Sprechen von Deutschen sich für Dänen sympathisch anhörte.

»*Das Leben meint es gut mit Dänen und denen, denen Dänen nahe stehen…*«, hieß ein Schlager in den 70er Jahren und war damals in Kowalskis Beziehung zu Kirsten sein Wahlspruch. »Und er könnte es jetzt wieder werden…!« dachte Kowalski, »besonders nachdem Bandura mir den Floh mit dem ‚polnischen Kowalski' ins Ohr gesetzt hat.« Aber Kowalski betrachtete Jytte weiterhin als zwar sehr attraktive Skandinavierin, aber letztlich erschien sie ihm doch eher als unnahbar. Deshalb traute er ihr so was gar nicht zu, was Bandura ihm mit dem ‚polnischen Kowalski' einreden wollte.

»Ja, mit der Reiserei, « erklärte Jytte, »da hatte es der Tommy mit. Er wollte immer viel in der Weltgeschichte rumkommen. Unsere erste große gemeinsame Reise führte uns im Sommer 1973 für drei Monate durch Süd-Europa, wo wir zusammen durch Jugoslawien, Griechenland und Italien trampten. Aber das war auch gleich meine letzte Reise. Denn da hatten meine Eltern anscheinend recht, dass es für uns Dänen besser sei, eine Fahrradtour durch Dänemark, Schweden und Norwegen zu machen, als in die fernen südlichen Länder zu reisen. Ich vertrage das auch nicht so mit meinem hellen Teint.« Tatsächlich war die Dänin hellblond mit leuchtenden blauen Augen, wie man sich so Skandinavierinnen halt vorstellt. Jytte fuhr fort: »Aber der Tommy, der reiste dann weiter alleine oder mit seinen Kumpels durch die Kontinente. Erstmals 1974 nach Asien, wo er bis Persien und Afghanistan kam, dann 1977 nach Portugal, Spanien und Marokko. Nach seinem Geographie-Studium war er sogar mal für ein halbes Jahr 1978/79 in Amerika, wo er durch die USA, Mexiko und 16 verschiedene karibische Inseln reiste. Ja, er ist ein echter Traveller. Seit dem Tod seiner Eltern, also in den letzten zwei Jahren, startete mein Tommy erst heimlich, dann aber immer offensiver, fast so was wie ne ‚Playboy-Karriere‘. Kalifornien, Karibik, Gomera oder Griechenland, das waren so seine Ziele. Ja, der Tommy ist deshalb immer schön braungebrannt. Und mit seinen 36 Jahren und seinem 1,86 m großen, schlanken Körper ist er wirklich ein attraktiver Typ, trotz einiger Hautunreinheiten im Gesicht. Dabei lässt er aber auch überhaupt keine Gelegenheit aus, seinen Spaß zu haben. Er kümmert sich nicht um das Floristengeschäft und erst recht nicht um mich. Denn wenn Tommy nicht gerade irgendwo unter südlicher Sonne oder in exotischen Ländern Urlaub macht oder in den Alpen den Skihaserln hinterher jagt, kommt er auch in Deutschland nicht gerade zur Ruhe. Dann treibt er so diverse Sportarten: wie Badminton, Judo, Taekwondo, Kanu, Tischtennis, Handball, regelmäßige Waldläufe oder Hobby-Fußball, da drüben auf der Emster Wiese...« Dabei zeigte sie mit dem ausgestreckten rechten Arm zum Fenster, wo Kowalski über die Emster Straße in einen Park mit großem Wiesenareal sehen konnte. Jytte erzählte weiter: »ja, wirklich, es scheint eher so, dass Tommy sich für die mörderische Disziplin des Triathlon vorbereitet, als dass er ein verweichlichter Playboy ist, oder...!?!«

Alle diese Informationen über Tommy Gölzenleuchtner bekam der Versicherungsangestellte Danny Kowalski von Jytte überraschend bereitwillig geschildert.

Jytte fuhr fort: »Ja, der Tommy, der reist einfach gerne...!« Dabei bekamen ihre Augen einen schimmernden Glanz, als sie von den fernen Ländern erzählte, in denen ihr Tommy überall herumgereist war.

»Ja, hatte er denn noch unvollendete Reisepläne in Petto?« fragte Kowalski.

Die attraktive Blondine krauste ihre Stirn, als ob sie in ihrer Erinnerung kramte: »Da war mal was, so etwa Mitte der 70er Jahre. Damals wollte er mit seinem Kumpel Carlos eine Weltreise machen. Ja, die Erde umrunden, das war immer so ein Traum von Tommy. Aber seit einigen Jahren war da nicht mehr die Rede von...«

»Haben Sie denn mal von diesem Carlos ne aktuelle Adresse oder Telefon-Nummer?«

»Da muss ich mal eben oben nachschauen«, meinte Jytte und verschwand im Treppenhaus. Kowalski schaute den gleitenden Bewegungen ihrer in einer engen roten Jeans steckenden wohlgeformten Rückseite bewundernd nach, als sie das Zimmer verließ.

Inzwischen hatte sich Lilli ins Wohnzimmer getraut, und Kowalski hielt ihr seine Hand erneut zum Schnuppern hin. Lilli näherte sich ihm neugierig und mit dem kleinen Näschen schnuppernd. »Ob sie mich wohl auf ihrer Schnupper-Festplatte wiedergefunden hat?« fragte sich Kowalski und sprach Lilli mit leisen beruhigenden Worten an. Er bemerkte dabei ihr aufmerksames waches Gesichtchen, das keine seiner sparsamen Bewegungen versäumte.

Inzwischen war Jytte zurückgekommen und reichte Kowalski einen Zettel mit Carlos Brambauers Adresse und Telefonnummer, wobei sie ihn wohlwollend betrachtete: »Sie szeinen sich ja richtig mit Lilli angefreundet zu haben, dass sie sie Sie so zutraulich besznuppert, statt wie sonst bei Fremden Reißaus zu nehmen…!?« Wieder dieses niedliche »sz« statt »sch«.

»Ja, Ihre Lilli ist mir allerdings auch sehr sympathisch. Danke, Frau Gölzenleuchtner, für die Angaben zu Carlos. Gibt es denn eigentlich noch andere enge Freunde von Ihrem Mann?«

»Ach, ja sicher, der Harry Kreuzer aus Datteln, der wohnt jetzt aber im Münsterland, ziemlich ländlich, in der Nähe von Tecklenburg. Das ist auch so ein alter Reisekumpel von Tommy. Die beiden waren ja auch 1977 zusammen mit Carlos zum Auto-Überführen nach Sizilien. Und jetzt in den letzten Jahren waren sie zweimal in Norwegen, einmal im Winter 1983 und dann noch mal im Sommer 1985. Und dann reisten die immer gerne in Deutschland rum, besonders gerne an die Mosel.«

»Ja, haben Sie von dem wohl auch ne Adresse oder Telefon-Nummer?« bohrte Kowalski nach.

»Ja«, seufzte die blonde Dänin, »dann kommen Sie am besten mal gleich mit nach oben in sein Zimmer. Dann brauche ich nicht dauernd hin- und her zu laufen.« So stiegen sie gemeinsam die Treppe hoch, verfolgt von Lillis schwarzem Schatten. Während Jytte in Tommys Schreibtisch kramte, schaute sich Kowalski neugierig um. Er fragte sich, als er die gut sortierten Bücherregale der Gölzenleuchtners bestaunte, wann Tommy wohl die Zeit dazu hatte, überhaupt ein Buch zu lesen. Denn - laut Aussage von Jytte – beschäftigte er sich ja wohl auch noch relativ unverblümt und sehr aktiv mit den Damen unseres Erdballs. »Vielleicht liest er, «sinnierte Kowalski neidisch, »wenn er in Waikikki am Strand liegt?« Dabei wusste Kowalski aber zwar, dass Waikikki zu Hawaii gehörte, aber er wusste nicht, dass dieser bezaubernde US-Inselstaat von Tommy bisher noch gar nicht besucht worden war. Und dann hing da noch so ein merkwürdiges Plakat von einem »GO SLUGS-Festival« an der Wand, das von der Rückkehr der gelben Bananen-Schnecken nach St. Cruz schwärmte. Direkt neben einem Poster der Neville Brothers-LP »Fiyo On The Bayou« von 1981 mit einem brennenden Alligator in den Sümpfen von Louisiana.

»Hier habe ich auch die Adresse und Telefon-Nummer von Harry Kreuzer«, mit diesen Worten schreckte Jytte den träumenden Kowalski aus seinen Gedanken über ferne unerreichbare Abenteuer auf.

»Möchten Sie sonst noch was wissen?« fragte ihn Jytte.

»Ja, was ist denn eigentlich mit Ihnen? Verreisen sie denn gar nicht zusammen mit Ihrem Mann?«

»Ne ne, das ist nicht für mich, diese abenteuerlichen Fernreisen von Tommy waren mir szon immer zu beszwerlich!« Wieder das süße »sz«…!

Jytte plauderte locker weiter über ihr Leben, ihre Lieben und Vorlieben: »Ja, ich liebe meinen Tommy, aber nicht seine Vorlieben für Weltreisen. Ich liebe viel mehr meine Blumen und meine Katze Lilli, deshalb bin ich lieber zu Haus. Unsere Lilli liebt der Tommy ja auch, aber Blumen überhaupt nicht. So ist das Leben mit ihm ganz einfach: ich lasse ihm sein eigenes Leben und seine Freiheit - er kann reisen, wann und wohin er will. Er liebt mich auch und akzeptiert, dass ich mein Leben hier zu Hause bevorzuge. Wenn er dann nach Hause zu mir zurück kommt, dann lieben wir uns immer besonders. So ergänzen wir uns großartig: ich liebe Blumen und betreibe den Floristik-Laden hier. Er liebt Blumen überhaupt nicht, aber reist gerne in der Weltgeszichte rum…« Wieder das niedliche »sz«…!

Kowalski hätte ihr stundenlang weiter so zuhören können. Er fand Jytte ungeheuer sympathisch und hatte auch das Gefühl, dass ihre Sympathie gegenseitig etwas gewachsen war. Aber er musste ja auch mal wieder an seinem Fall arbeiten, weshalb er sich schließlich widerwillig doch von Jytte verabschiedete: »Ja, Frau Gölzenleuchtner. Ich muss dann wieder los. Es war schön, mit Ihnen zu plaudern. Machen Sie es gut. Vielleicht gibt es ja noch was zu besprechen, und ich komme mal wieder vorbei.«

»Ja, Sie können auch ruhig einfach auf ein Tässchen Kaffee vorbeischauen, Herr Kowalski, tszüß«, verabschiedete sie sich an der Haustür von ihm mit ihrem niedlichsten »sz«, wobei sie ihm hinterher winkte. Und neben ihr saß heimelig die Katze Lilli mit ihrem seidigen Fell und schaute ebenfalls diesem netten Herrn hinterher: »*Warum der wohl so gut nach Mann schnupperte…!?*«


## Harry Kreuzer

Abteilungsleiter Zeterlich war damit einverstanden, dass Kowalski seine Recherchen zu Tommy Gölzenleuchtner auf den übersichtlichen Rahmen einer Tages-Tour ausdehnte. Denn da die beiden Kumpel von Tommy relativ nahe zusammen wohnten, konnte sich Kowalski beide an einem Tag vornehmen. Zwei Stunden Hinfahrt, zwei Stunden bei Harry, eine halbe Stunde von Harry zu Carlos fahren, zwei Stunden bei Carlos und zwei Stunden Rückfahrt. Also fuhr Kowalski erst zu Harry, der mit seiner Freundin Doro in einem Haus auf dem Lande in Wechte bei Tecklenburg wohnte, danach zu Carlos altem Fachwerk-Kotten in der Nähe von Lengerich.

Aus den Telefonaten mit den beiden wusste Kowalski, dass Harry Kreuzer nach seiner ersten Ausbildung als Schaufensterdekorateur im zweiten Leben zunächst Schreiner geworden und mittlerweile als Schüler des Westfalen-Kollegs in Mettingen auf dem Weg war, seine Hochschulberechtigung zu erwerben.

Dagegen arbeitete Carlos Brambauer im westfälischen Landeskrankenhaus als Krankenpfleger in der Psychiatrie. Durch die unterschiedlichen Beschäftigungszeiten der beiden ergab sich die praktische Reihenfolge, dass Kowalski am frühen Nachmittag des 31. Juli bei Harry Kreuzer angemeldet war, nachdem dieser seine letzte Stunde in Portugiesisch am Mettinger Westfalenkolleg beendet hatte.

Später gegen Abend würde Carlos in der Klinik Feierabend haben und danach bereit zu einem Gespräch mit Kowalski sein.

Harry Kreuzer war ein 32-jähriger 1,89 m großer schlanker Westfale mit mittellangen braunen Haaren. Er wohnte in Tecklenburg-Wechte mit Lebensgefährtin Doro und der Katze Emma, die gerade 5 Junge zur Welt gebracht hatte, in einem alten, weiß gestrichenen Haus mit roten Dachpfannen und blau lackierten Fensterrahmen. Da es ein schöner, warmer Sommertag war, führte Harry seinen Besucher in den Garten zu einer gemütlichen Holzbank und erzählte ihm, dass ihnen dieses etwas griechisch anmutende Flair eher Feinde als Freunde in der bäuerlichen Nachbarschaft gebracht hatte. Denn die westfälischen Bauern dort wie Huckriede oder Wüstefeld standen mehr auf konservative Werte wie die heimatliche Scholle, Jagd und Hund. Da war es schon fast revolutionär, dass der Vermieter von Harry Kreuzer auf seinem Grund eine Nutria-Zucht hatte. Nutrias sind ja so eine Art Riesenwasserratten mit dickem Fell, die eben wegen desselben gezüchtet werden. Diese Nutrias bescherten Harry und Doro manchmal sogar einen Festtagsbraten, aber dafür sorgten sie leider auch häufig durch ihren Kot für unangenehme Ausdünstungen. Na ja, dafür war die Miete für Harry und Doro als Kollegschüler wenigstens erschwinglich.

Seinen alten Freund Tommy hatte Harry Anfang der 70er Jahre in der Metro in Marl kennen gelernt, ein ehemaliges Kino, das damals zu einer Underground-Disco umgebaut und benutzt worden war. Harry lebte damals noch im nördlichen Ruhrgebiet, in der Kleinstadt Datteln, wo Tommy in einem AWO-Altenheim seinen Zivildienst ableistete. Da war es kein Wunder, dass sich die beiden Jungspunde in den 70er Jahren getroffen hatten. Und wie es manchmal so ist mit jungen Leuten, die ähnliche Interessen teilen, hatten sich die beiden damals angefreundet. Harry liebte allerdings im Gegensatz zu Tommy eher Reisen in heimatliche Gefilde.

Nachdem Kowalski Harry über die merkwürdigen Umstände des Verschwindens von Tommy informiert hatte, erinnerte sich Harry: »Der Tommy, der hatte mit mir mal son Set Mitte der 70er Jahre, als wir zusammen in Datteln am Kanal einen LSD-Trip geworfen hatten. Da zelteten wir am Kanalrand in so ner Art ‚Märchenwald'. Also alles war irgendwie verwunschen. Diese Droge machte uns ja damals auch son bisken watt mystisch. Jedenfalls war et schon recht spät und ziemlich dunkel, obwohl im Sommer. Da begegnete ich Tommy auf dem Kanal-Treidelweg wieder, nachdem er schon ne ganze Weile nicht mehr gesehen worden war. Ich fragte ihn: ‚Wo kommst Du denn her?' Und da erzählte er mir diese seltsame Geschichte, dass er einen magischen Moment des Wendepunktes erlebt hätte...«

»Ach was?« fragte Kowalski, »was war denn damit gemeint?«

»Ja, also«, berichtete Harry weiter, »Tommy erklärte mir das folgendermaßen: er hatte dieses spezielle Gefühl, an einem Wendepunkt des Lebens gestanden zu haben. Er musste sich nur einfach umdrehen, von uns allen weggehen, nicht mehr nach hinten schauen, sondern nur nach vorne, einem neuen Leben entgegen. Warten Sie mal, vielleicht hab ich das ja noch irgendwo schriftlich. Ich komm gleich wieder.« Kurze Zeit später kam er in seinen Blue-Jeans und dem verwaschenen ehemaligen blauen T-Shirt aus dem Haus zurück in den Garten und hatte in der Hand ein grünes Poesie-Album, das offenbar damals in den 70er Jahren als Tagebuch benutzt wurde, denn es trug den bezeichnenden Namen »… wer andren eine Feder schenkt!« und war auch entsprechend dem damaligen Zeitgeist reich bebildert mit Federn, Zeichnungen und Fotos. Darin blätterte Harry Kreuzer aufgeregt, bis er wohl die entsprechende Stelle gefunden hatte und sie vorlas. »Hier steht's, datt hatt der Tommy damals über uns geschrieben: >*Wir saßen also direkt an der Kanal-Böschung, Harry und ich. Obwohl ein stehendes Gewässer unterliegt das Kanalwasser wie andere Wässer einer Strömung (vielleicht durch Schleusenhub zu erklären). Schweigend starrten wir auf die Dinge, die in der Dunkelheit auf dem Wasser vorbei trieben. Irgendwann muß mir dann mal aufgegangen sein, dass der geordnete Fluß der schwimmenden Dinge doch wie alles irgendeiner Ordnung unterliegen mußte. Dieser wollte ich mich, natürlich wie ich war, anschließen, und in meinem leidgeprüften Hirn war der Gedanke geboren, mich anzuschließen. Da ich nicht gern schwimme, beschloß ich also, den Dingen auf dem Lein(m)pfad nachzugehen. Ohne eigentlichen Sinn!*<* Junge, Junge, watt'n harter Stoff…!?« Mit diesem Kommentar klappte Harry Kreuzer das Poesiealbum wieder zu.

»Jau, sehr interessant«, resümierte Kowalski, »aber da er Ihnen das erzählt hat, gehe ich mal davon aus, dass er es dann doch nicht gemacht hat?«

»Korrekt«, antwortete Harry, »der Tommy meinte damals, er hätte sich zwar umgedreht, und wäre drauf und dran gewesen, diesen entscheidenden Schritt in seine neue unbekannte Zukunft zu machen. Aber dann kam er doch wieder zu uns zurück und ließ diesen magischen Moment verstreichen. Möglicherweise hatte er ja jetzt – ein Dutzend Jahre später - wieder mal son magischen Moment…!?«

Da tauchte gerade Harrys Frau Doro in einem anthrazitfarbenen Pulli über ihrer naturweißen Schlabberhose malerisch zwischen zwei riesigen grünen Bambusbüschen mit einer braunen Pappkiste auf. Darin schmiegten sich fünf junge Kätzchen aneinander. »Schauen Sie mal, sind die nicht süß?«

»Ja, wirklich«, meinte Kowalski, »die ganze Welt scheint auf einmal gerne Katzen zu haben…!?« Damit verabschiedete sich Kowalski von Harry und Doro: »Tschüß, Ihr beiden. Nett habt Ihr's hier. Macht's gut.«

### Carlos Brambauer

Nach dem Gespräch mit Harry fuhr Kowalski am Spätnachmittag von Tecklenburg-Wechte nach Lengerich zu Carlos Brambauer.

Dieser entpuppte sich als ein 30-jähriger, bestimmt über 1,90 m großer dunkelblonder Lockenkopf. Er hatte als Krankenpfleger in der Klinik Lengerich gelernt und war dort weiterhin in der Psychiatrie beschäftigt. Seit 13 Jahren war er schon ein Kumpel von Tommy, den er damals in der Dortmunder Hippie-Disco Sacre-Coeur kennen gelernt hatte. Carlos liebte ebenfalls Reisen in ferne Länder und lebte zusammen mit seinem großen schwarzen Hund Seemann und einem schwarzen Kater namens Pele auf seinem Kotten, einem Fachwerkgebäude mit einem etwas durchhängenden Dach. Die eine Wandseite war in weiß gekalkten Vierecksflächen zwischen schwarzen Holzbalken gehalten. Die anderen Außenwände des Kottens waren mit roten Klinkersteinen zwischen den schwarzlackierten Holzbalken verziert. Vor dem Kotten hing eine naturweiße Baumwoll-Hängematte zwischen einem Buchenstamm und einem Metallhaken, der in einen der Fachwerk-Holzbalken geschraubt war.

In einem anderen dieser Holzbalken hatte es sich in jenem Hochsommer 1986 ein Hornissen-Volk bequem gemacht. Ein ganzes Hornissennest mit ca. 4 - 5 cm langen Hornissen, alle im traditionellen Gelb-Schwarz. Die Hornissen schwärmten unregelmäßig aus, und kamen genauso unregelmäßig wieder rein in ihr Loch. »Na?« fragte ich ihn, »können diese brummigen Insekten nicht ziemlich übel stechen? Müssen denn da nicht Maßnahmen gegen ergriffen werden?«

»Ja«, antwortete Carlos, »ich hab auch schon überlegt, ob nicht die Feuerwehr dafür geholt werden müsste, um das Hornissennest auszuheben. Aber ich glaub, ich mach es selber. Vielleicht irgendwas mit Dichtungsschaum zum Füllen aus dem Baumarkt...!?«

Der ganze Kotten war nahezu tropisch umpflanzt von verschiedenen Bambusarten, die mit ihren immergrünen Blättern im Wind schaukelten. »Schon wieder Bambus,« dachte sich Kowalski, »erst zwei Bambuspflanzen bei Harry, und jetzt hier ein ganzer Bambuswald: interessante Burschen, die beiden, da sie anscheinend genau wie ich selber auch auf Bambus stehen...!?«

Als Kowalski später Carlos befragte, ob der vielleicht wüsste, wo der verschwundene Tommy sein könnte, konterte Carlos ganz spontan: »Also hier hab ich den nicht versteckt! Da können Sie ruhig nachschauen, wenn Sie wollen.«

»Nee nee, so hab ich datt auch nicht gemeint!« antwortete Kowalski, »aber seine Frau Jytte meinte, dass er so gerne in der Weltgeschichte rumreist. Und dass Sie beiden sogar früher schon mal ne gemeinsame Weltreise geplant hatten. Vielleicht fällt Ihnen da ja was zu ein?«

»Ne, datt mitte Weltreise, datt war sonne Idee von uns in den 70ern,« warf Carlos ein, »Da haben wir schon lange nich mehr von gesprochen. Ich glaub nich, dass datt noch so aktuell ist. Aber Tommy wollte doch unbedingt mal wieder nach Kalifornien, da schwärmte er von! Da gibet doch son Ort, Santa Sowieso (?), ich weiß nicht mehr, die immer jedes Jahr im Frühherbst die Rückkehr der Bananen-Schnecke feiern. Warum auch immer!? Jedenfalls, da hat er letztens noch von erzählt. Nä, wattet allet so gibt...!?« Dabei kraulte

Carlos seinen Hund Seemann hinter den Ohren: einem Supermischling aus Schäferhund und Riesenschnauzer mit schönen tiefbraunen Augen.

Um die Hausecke kam ein schwarzer Kater. »Das ist Pele«, stellte Carlos vor, »deshalb eben Pele genannt, weil er so schön schwarz ist wie der gleichnamige junge Fußballer vom Zuckerhut, der 1958 seine erste WM in Schweden spielte und gleich ne zauberhafte Bude machte«. Pele kam zutraulich auf Kowalski zu und strich ihm um die Beine. Entweder erschnüffelte er was von Emmas fünfköpfigem Wurf Kätzchen, oder vielleicht war noch ein Restgeruch von Jyttes Katze Lilli an seinen Hosenbeinen, die Pele interessiert beschnupperte...?

Carlos fragte: »Ich will ja nicht unhöflich sein. Ich habe gleich ne Probe mit meiner Musikgruppe ‚Eiserne Lunge Lengerich'. Da müsste ich langsam mal los. Wenn Sie auf Rockmusik Lust haben, dann kommen Sie doch einfach mit. Dann können wir uns unterwegs noch was weiter über Tommy unterhalten.«

»Was für ne Sorte Musik macht denn die ‚Eiserne Lunge Lengerich'?« fragte Kowalski interessiert. »Na, halt Rockmusik mit deutschen Texten«, antwortete Carlos.

»Na gut, da komm ich mit, aber ich fahr mit meinem Auto hinterher. Dann bin ich für die Rückfahrt unabhängiger.« Gesagt – getan, fuhr er also mit seinem rostigen Passat Kombi hinter Carlos in seinem alten hellblauen Citroen Pallas durch die nebeligen Weiden der nördlichen Münsterländer Landschaft her, bis sie auf einem anderen Kotten mit einer zu einem Tonstudio umgebauten Tenne in Ostbevern landeten. Zunächst hörte sich Kowalski interessiert die Probe der ‚Eisernen Lunge Lengerich' an, aber auf die Dauer wurde es ihm als Unbeteiligtem dann doch etwas langweilig.

Deshalb verabschiedete er sich von Carlos in der nächsten Pause nach einem Stück und machte sich auf die Heimfahrt über die A 1 zurück nach Hagen, wo er zwei Stunden später an jenem Donnerstagabend seine schattige Wohnung in Hagen-Eilpe erreichte. Er wohnte nämlich damals in einer kleinen Wohnung hoch über dem Struckenberg mitten im Wald in einem einzeln stehenden Holzhaus, das aus einem früheren Fachwerk-Kotten um- und ausgebaut worden war. In jenem Sommer war es abends immer noch schön warm, so dass er es sich im Garten auf der Holzbank bei einem Glas trockenem Mosel-Riesling gemütlich machte.

Dabei dachte er über den verschwundenen Tommy Gölzenleuchtner und seine attraktive Ehefrau Jytte nach: »Ja, was habe ich bisher rausgefunden? Die Dänin Jytte Gölzenleuchtner gefiele mir super! Da gäbe es doch eigentlich überhaupt keinen Grund, sie freiwillig zu verlassen, oder…!? Andererseits erzählte sie wiederum was von Tommys großer Freiheitsliebe, seinen vielen Reisen. Aber sein Freund Carlos wiederum meinte ja, dass das mit der Weltreise-Idee schon lange nicht mehr so aktuell sei. Also bleibt da noch Santa Cruz in Kalifornien, wo immer jedes Jahr im Frühherbst die Rückkehr der gelben Bananen-Schnecke gefeiert wird, was ich auf dem Plakat des ‚GO SLUGS-Festivals' an der Zimmerwand im Haus der Gölzenleuchtners gesehen habe.«

Nachdenklich fragte sich Kowalski weiter: »Ja, was mag das denn wohl eigentlich sein – eine gelbe Bananenschnecke? Jetzt will ich et auch wissen…!« Flugs ging er rein in seine Wohnung, holte sich dort aus dem Wohnzimmerschrank den Band mit »B« seines 12-bändigen Lexikons »Der Große Brockhaus« der 16. Auflage von 1952 raus und blätterte neugierig in dem dicken schwarzen Wälzer mit Goldrand: »B – B – B, hier: Banane, mmmhhh – aber keine Bananenschnecke, weder ne gelbe noch sonst eine…: Mist! Nee, der gibt nix her. Aber vielleicht steht ja was in meinem neuen Biologie-Lexikon, das ich letztens geschenkt bekommen habe…?«

Gedacht – getan, brachte Kowalski den Brockhaus wieder zurück, kippte sich am Kühlschrank noch einen gekühlten Riesling ein und ging mit seinem Römerglas und dem farbenfrohen Bio-Lexikon zurück zum hölzernen Gartentisch. Blätter – Blätter: »Aha, hier steht ja tatsächlich was!« freute sich Kowalski: »*Die nur in Kalifornien um Santa Cruz vorkommende Spezies Ariolimax dolichophallus ist eine circa 15 Zentimeter lange Schnecke, deren Penis das Doppelte der Körperlänge erreichen kann. Somit ist dieses Tier das Lebewesen mit dem verhältnismäßig größten Penis (noch vor der Entenmuschel und der argentinischen Ruderente). Ein Nachteil des übergroßen Penis ist, dass er nach der Paarung manchmal nicht mehr befreit werden kann. Er wird dann vom Partner abgekaut; vermutlich kann er nicht wieder nachwachsen, so dass die Schnecke, deren Penis amputiert werden musste, künftig auf die weibliche Rolle beschränkt ist… … Die Bananenschnecke ist das Maskottchen der University of California, Santa Cruz.*«

Kowalski kam aus dem Staunen gar nicht mehr heraus, als er schmunzelnd herausfand, wie sich hier Wissenswertes mit Skurrilem einen erbitterten Wettstreit lieferte: «Na, das ist ja man nen Dingen! Dieses gelbe Tierchen gibt's tatsächlich, und auch nur in Santa Cruz. Und dann auch noch mit dem längsten Penis aus'se Tierwelt...! Wer hätte das gedacht? Da könnt ich mir doch glatt vorstellen, dass der Tommy Gölzenleuchtner genau dorthin wollte, der olle Schlawiner....!?! Oder wollte er vielleicht doch lieber nach New Orleans und Louisiana? Denn da hing ja auch noch das Poster der Neville Brothers-LP ,Fiyo On The Bayou' in Tommys Zimmer rum...!«

# Teil 2 - Auswärtsspiele im wilden Westen

*»Wenn uns die Gegenwart langweilig,*
*seicht und reizlos erscheint,*
*wenden wir den Blick zurück in die Vergangenheit,*
*halten Ausschau nach einer von uns selbst geplanten*
*und vorgestellten Zukunft.*
*Diese Flucht aus der Gegenwart*
*führt unweigerlich in die Illusion.*
*Nur wenn wir die Gegenwart so sehen,*
*wie sie wirklich ist,*
*ohne etwas davon zu verurteilen*
*oder zu rechtfertigen,*
*werden wir dessen inne,*
*was ist.«*
*Aus: »Wegweiser zum wahren Leben« von Jiddu Krishnamurti,*
*ein 1895 in Indien geborener Philosoph, der 1986 in Kalifornien starb.*

Und Kowalski grübelte einen reichlich langen Sommer mit einem noch längeren Sommerloch bis tief in den August 1986 hinein. Er hatte ja Hinweise zu möglichen Reiseplänen von Tommy Gölzenleuchtner durch Carlos Brambauer erfahren, die sich - zusammen mit dem Plakat in Tommys Zimmer - verdichteten: das alljährliche »GO SLUGS-Festival« im Herbst schwärmte von der Rückkehr der gelben Bananen-Schnecken nach St. Cruz. Es handelte sich um das St. Cruz, Southern California, etwas südlich von San Francisco gelegen, wie Kowalski inzwischen auf einer Landkarte entdeckt hatte.

Schließlich unterbreitete er seinem »Chefe« Bodo Zeterlich folgende Idee: »Hör mal, Chefe. Ich nehme doch im Oktober meinen Jahresurlaub. Bisher hab ich noch kein konkretes Reiseziel. Und ich wollte immer schon mal gerne nach Kalifornien, aber bisher scheiterte es am nötigen Kleingeld. Wie wäre es denn, wenn ich in meinem Urlaub nach Kalifornien fliege und mich dort in Santa Cruz nach dem verschwundenen Tommy Gölzenleuchtner umschaue? Wenn ich erfolgreich bin, bezahlt ihr von der Versicherung mir die Flüge. Und im Gegenzug bezahle ich alles, was ich dort verbrauche. Wenn ich keine Spur vom feinen Herrn Gölzenleuchtner finde, dann mache ich halt ganz normal Urlaub und alles geht auf meine Rechnung.«

Bodo Zeterlich zögerte nur kurz, weil er das für ein faires Angebot hielt, könnte doch seiner Versicherung eventuell eine Auszahlungsprämie von einer Millionen DM erspart werden: »O.K., Kowalski, ich hör mich mal um, ob das drin ist.«

Ende September 1986 eröffnete Chefe Zeterlich seinem Mitarbeiter: »Okay, du kannst auf unsere Kosten fliegen, aber nur mit der günstigsten Airline. Und alles andere geht auf deine Kosten. Ich erwarte dann natürlich auch mal einen Zwischenbericht von dir, wenn sich in irgendeiner Weise was tut.« Er bemerkte mit Vergnügen das erstaunte Grinsen in Kowalskis Gesicht und blödelte: »Dann man tau: such, Kowalski, such mir den Tommy...! Wa, eh!?«

Dann ging alles blitzschnell für Kowalski: er besorgte sich das günstigste Ticket für einen Flug nach Kalifornien, von Amsterdam via Seattle nach Oakland und zurück.

Mit dem Zug fuhr er von Hagen nach Amsterdam, Flughafen Schiphol. Da er aber erst einen Flug für den nächsten Morgen um 06.00 Uhr erwischt hatte, musste er den Abend und die Nacht irgendwie rum bringen. Also fuhr er abends mit der S-Bahn in die Innenstadt von Amsterdam und schlenderte ein wenig auf den Spuren des holländischen Krimi-Autoren Janwillem van de Wetering in der Kneipen-Szene herum. Der hatte Kowalski nicht nur mit seinen literarischen Erlebnissen aus seiner japanischen Zeit in einem Zen-Buddhistischen Kloster angetörnt, sondern ihn auch mit seinen atmosphärisch dichten Krimis wie z.B. »Outsider in Amsterdam« um den taffen Brigadier de Gier begeistert.

Kowalski kehrte dann auch hier und dort mal auf ein alkoholisches Getränk ein, machte aber um die Haschisch-Coffee-Shops einen weiten Bogen, da er nicht gerade auf der ersten Etappe mit dem Gesetz in Konflikt geraten wollte. Bis Mitternacht hielt es Kowalski so aus, durch die Straßen und entlang der

Grachten von Amsterdam zu laufen, dann reichte es ihm und er fuhr mit dem Zug zurück zum Flughafen Schiphol.

Für die Zeit bis zum Einchecken bettete er seine müden Knochen auf drei Schalensitze, was ihm aber statt Schlaf nur Rücken- und Hüftschmerzen bescherte. So war er froh, als er endlich zusammen mit den anderen 300 Passagieren in der DC 10 von Martinair Platz nehmen konnte. Kowalski schlief zwischen all den Service-Leistungen wie Frühstück, Drinks, als Bord-Film »Die Frau in Rot« gucken und Mittagessen immer wieder ein: immer kurz, aber dafür tief!

Er flog über Island, Grönland, Kanada, die Rocky Mountains bis nach Seattle im Staate Washington, USA, der Stadt des Autoren Tom Robbins, dessen Romane »Buntspecht« und »PanAroma« Kowalski wegen seiner anarchischen Gedanken und weitreichenden Fabulierkunst gerne gelesen hatte. In Seattle war es tatsächlich so kalt und diesig, wie er es sich auf Grund seiner Romankenntnisse immer vorgestellt hatte.

Von Seattle ging es weiter mit einer Anschlussmaschine nach Oakland, der Stadt von Jack London: dort hatte der alte »Seewolf« gewohnt und gesoffen, was er in seinen zahlreichen Romanen wie z.B. »Martin Eden« oder »Abenteuer des Schienenstranges« ausführlich beschrieben hatte. Nicht nur als Jugendlicher hatte sich Danny Kowalski an den haarsträubenden Abenteuern von Jack London erfreut, sondern auch der erwachsene Kowalski konnte den männlich herben Natur-Philosophien von Jack London einiges abgewinnen.

Oakland liegt ja direkt gegenüber von San Francisco, nur durch die Bay getrennt. Kowalski betrat zum ersten Mal am 10. Oktober 1986 kalifornischen Boden. Aber es stellte sich nicht direkt das große Gefühl von Freiheit ein, wie er es sich erhofft hatte, sondern als Erstes hatte er jede Menge Stress: er versuchte, bei verschiedenen Hotels in San Francisco per Telefon eine Unterkunft zu bekommen. Aber er erreichte immer nur den »Operator«; und es war leider nie der »Smooth Operator«, wie ihn die dunkelhäutige Sade Adu 1984 in ihrem sanften Hit so schön und einschmiegsam besungen hatte. So ärgerte sich Kowalski mit verschiedensten automatischen Anrufbeantwortern herum. Jedenfalls dauerte es eine ganze Weile und auch einiges an Nerven und Dollars, bis er durch das komplizierte US-amerikanische Telefon-System durchblickte.

Schließlich hatte er die Adresse des Obrera-Hotels heraus bekommen, und dort gab es auch ein freies Zimmer. So machte er sich auf den Weg dorthin. Erst fuhr er mit dem Bus vom Oakland-Airport nach »Coliseum«, einem riesigen Sport-Stadion, zur BART-Station, wie die dortige U-Bahn hieß: die Abkürzung BART bedeutete »Bay Area Rapid Transit System«.

Kaum aus dem U-Bahn-Schacht herausgekommen, wurde er von zwei Schwarzen angesprochen, die ihn über sein »Woher« und »Wohin« ausfragten. Seine Antworten kommentierten sie mit einem breiten Grinsen im Gesicht: »That sounds like fun…!«, was sich in der nächsten Zeit für Kowalski als einer der Lieblingsausdrücke der Kalifornier herausstellen sollte. Im Übrigen schien Oakland ein gutes Pflaster für Schwarze zu sein, denn fast jeder, den er dort sah, war schwarz.

Mit der BART-U-Bahn fuhr Kowalski unter der Bay durch rüber nach San Francisco, wo er an der Station »Powell-Street« ausstieg.


## San Francisco, Kalifornien

*»Falls Ihnen ein Ort irgendwo in der Welt*
*ans Herz gewachsen sein sollte,*
*dürfen Sie sich auf keinen Fall lang dort aufhalten,*
*sonst verliert er diese bevorzugte Stellung.*
*Es ist ein guter Rat, den ich Ihnen gebe.«*
*Jack London*


Als Kowalski an der Station »Powell Street« erwartungsvoll aus dem U-Bahn-Schacht hoch zum Licht krabbelte, traute er seinen Augen nicht: überall Chinesen!! War er unterirdisch mit einer Zeitmaschine auf einen anderen Kontinent gefahren worden…?!? Er wollte doch eigentlich nur nach San Francisco!

Dort war er auch angekommen, bloß halt mitten in Chinatown gelandet. Davon hatte er ja überhaupt nichts geahnt, als er sich dieses Hotel aus dem Reiseführer rausgesucht hatte. »Vielleicht hätte ich es dann nicht ausgewählt?«, dachte er, als er zu Fuß zum Obrera-Hotel an der Ecke Powell Street/Pacifc Avenue ging, umgeben nur von Chinesen. Keine einzige »weiße Langnase«! Zwischen Broadway, Bush, Kearney und Stockton Street lag die Chinatown. In keiner anderen Stadt auf der Welt – außerhalb Asiens – lebten mehr Chinesen als hier. Überall chinesische Schriftzeichen an den Straßenschildern und schreiende Leuchtreklamen über den Geschäften, chinesische Krankenhäuser und chinesische Schulen, nur die Geldscheine waren noch US-$. Kowalski kam an den merkwürdigsten Läden vorbei, wie z.B. chinesische Apotheken, wo in den Schaufenstern getrocknete Seepferdchen in Gläsern ausgestellt wurden. Und im Inneren war es absolut nicht so steril wie in unseren Apotheken oder in einem amerikanischen Drugstore, sondern es roch nach fremden und eigenartigen Kräutern.

Aber für die Zukunft seiner detektivischen Forschungen sollte diese ungeplante Zusammenkunft mit den vielen Chinesen für Kowalski immerhin noch von entscheidender Bedeutung sein…!

Außerdem fühlte er sich erstaunlicherweise immer wohler, seit er die U-Bahn in Chinatown verlassen hatte. Er ließ sogar den Bus der Linie 30 aus, der ihn nach Stockton-North gefahren hätte, wo sich sein Obrera-Hotel befand: 1208 Stockton Street/Ecke Pacific. Stattdessen lief er die zwölf Blocks durch Chinatown zu Fuß. Das bunte Treiben und die kalifornische Sonne hatten ihn zum erhofften San Francisco-Feeling geführt. Toll, er fühlte die laue Wärme und schmeckte das Salz des nahen Ozeans in der Luft. Er konnte wieder durchatmen und schauen, schauen, schauen… Und schließlich lief er ja auch noch durch die »Straßen von San Francisco«...

Als er endlich aufgekratzt und zugleich ziemlich kaputt vom Jetlag und von der langen Anreise sein Hotel erreichte, ließ er sich schon am Nachmittag dort ins Bett fallen und schlief bis zum nächsten Morgen wie ein Faultier durch. Er hatte ja »Bed and Breakfast« gebucht, für 28 $ + Steuern, also 30,75 $ für einen Single-Room. Bei der Pensions-Inhaberin Bambi McDonald stärkte er sich erst mal ausgiebig mit einem reichhaltigen Frühstück, bevor er voller Tatenfreude seine kalifornischen Unternehmungen begann.

Kalifornien bedeutete ja Sonne, Palmen, Meer und relaxtes Leben. Deshalb lieh Kowalski sich bei der Firma Budget in San Francisco einen hellblauen Ford-Tempo Automatikwagen für 97 US-$ pro Woche, um etwas unabhängiger recherchieren zu können. Das Autoleihen in Kalifornien lief übrigens nur über Kreditkarte, ohne ging gar nichts! Da hätte es auch nichts genützt, das verlangte Geld in cash vorlegen zu können. Sie wollten unbedingt zu ihrer eigenen Sicherheit eine Kreditkarte sehen. Glücklicherweise hatte Kowalski – obwohl ja sonst eher knapp bei Kasse - schon seit 1983 eine Kreditkarte, als er schon einmal nach Kalifornien reisen wollte. Und zwar hatte er den Frankfurter Jochen im Mai 1983 bei einer Fortbildung im saarländischen Nohfelden kennen gelernt. Jochen hatte in Kalifornien Bekannte, wo sie umsonst hätten wohnen können. Vor Kowalski schwärmte er ausgiebig und positiv vom kalifornischen Feeling. Und beide fuhren auch aufeinander ab: es hatte spontan zwischen ihnen gestimmt. So planten sie, zusammen im September 1983 nach Kalifornien zu reisen. Dabei hatte Jochen ihm damals unbedingt angeraten, sich für die USA eine Kreditkarte zu besorgen, denn ohne wäre das Motorrad- oder Auto-Leihen überhaupt nicht möglich! Joh, hatte Kowalski dann auch gemacht und war deshalb jetzt glücklicher Besitzer einer solchen Karte. Obwohl sich Jochen und Kowalski den Sommer über gegenseitig besuchten, platzte die Reise dann leider, weil Jochen auf einmal beruflich verhindert war: sorry for that! Aber jetzt 1986 kam Kowalski das Pech von 1983 zu gute, denn ohne Jochens Rat hätte er sich nie und nimmer eine Kreditkarte besorgt. Aber nun hatte er eine und konnte somit ein Auto leihen. Und ab ging's...

»It's great to drive in San Francisco«, dachte sich Kowalski überrascht, »alles so slowly, so easy hier zu fahren, wenn sich alle Verkehrsteilnehmer vorsichtig an jede Kreuzung rantasten, und ich dann auch noch in solch einem gut gefederten Auto sitze…«

Wo er schon mal da war, tauchte er natürlich auch gleich ein in die Frisco-Szene, die er sonst nur aus den Romanen von Jack Kerouac und dessen Freunden aus der Beat Generation kannte. »Gammler, Zen und Hohe Berge« und »Be-Bop, Bars und weißes Pulver« hießen die San Francisco-Hymnen des jungen aufstrebenden Franco-kanadischen Autoren Kerouac. Zwar fiel Kowalski zu »Zen« eher »Zen oder die Kunst, in den USA ein Telefongespräch zu führen« ein, aber er hatte es ja dann doch noch alles geregelt bekommen.

Deshalb durfte für ihn auch weder ein relaxter Auto-Ausflug über die Golden Gate Bridge zur Hausboot-Kolonie von Sausalito noch das nostalgische Schlendern durch den ehemaligen Hippie-Distrikt Haight-Ashbury fehlen.

Natürlich fuhr er auch mal in einem der berühmten Cable-Cars: das war ein tolles Gefühl für Kowalski, draußen an solch einem offenen Cable-Car zu hängen, auf den Schienen die Hügel von San Francisco rauf und runter zu knattern und dabei die Aussicht auf die Oakland-Bay-Bridge oder den Colt-Turm zu bestaunen. Einmal fuhr er auch mit einer Fähre, um zur Gefängnis-Insel Alcatraz zu schippern. Diese Insel gehörte inzwischen wieder den indianischen Ureinwohnern von Kalifornien. Denn es gab da einen alten Vertrag, wonach der Besitz der Insel dann wieder den Ur-Besitzern zufiel, sobald sie nicht mehr benutzt wurde. Und das war in dem Moment der Fall, als alle Gefangenen in ein anderes Gefängnis auf dem Festland verlegt worden waren.

Abends belohnte sich Kowalski mit seinem ersten richtigen Essen in Kalifornien: natürlich chinesisch, da er ja nun in Chinatown wohnte. Am Eingang des China-Restaurants stand eine große Buddha-Figur, die umhüllt war vom Duft eines Sandelholz-Räucherstäbchens. Kowalski fühlte sich von den wabernden Düften wie in einem Tempel, tätschelte aber dem mit hochgestreckten Armen grinsenden »Buddha der Freude« den Kopf, weil das Glück bringen sollte. Er trank beim Essen dann auch mal das chinesische Bier »Tsing Tao«, das ihm überraschend gut mundete. Besonders als Durstlöscher für das mit Ingwer und Sambal Olek scharf gewürzte, aber leckere Essen.

Und in dieser Stimmung kam Kowalski ein Konzert mit der englischen Reggae-Band UB 40 und den Fine Young Cannibals im Greek Theatre der University of Berkeley gerade recht, das er in der coolen open-air Atmosphäre unter Tausenden von kalifornischen Studenten und Studentinnen bei Sonnenuntergang erlebte.

Zurück in Chinatown, war Kowalski total froh, dass er bei Bambi McDonald im Obrera-Hotel gelandet war. So war er mitten in Chinatown, wo er sonst bestimmt nicht freiwillig Quartier bezogen hätte. Aber es war erstens zentral, zweitens preiswert, und drittens und am wichtigsten: total gemütlich, menschlich, familiär, einfach und anheimelnd, und er empfand dort auch nicht die Spur von Gefährlichkeit für ihn!

Am letzten Abend in Chinatown, bevor er Richtung Santa Cruz aufbrechen wollte, erlebte Kowalski bei dem nun mittlerweile für ihn schon traditionellen abendlichen chinesischen Essen eine große Überraschung. Das Essen war natürlich wieder schön scharf, wie er es mochte, und reichlich und gut. Aber in dem China-Restaurant, 640 Broadway, wo er speiste, fand an jenem Abend eine Art Nachwuchs-Festival für junge chinesische Sänger und Sängerinnen statt, die von einem chinesischen Orgelmusiker begleitet wurden: teilweise rührten die kleinen China-Ladies mit ihrem hohen China-Sing-Sang sein Herz, teilweise sang ein junger Chinese richtig schöne Weisen, obwohl die Orgel-Begleitung auch zu jeder Cha-Cha-Cha-Band gepasst hätte. Aber insgesamt war es ein interessanter Abend, zumal das chinesische Glücksplätzchen der Marke Shangri-La Kowalski an dem Abend mit seinem Zettelchen auch noch prophezeite: »Your talents will be recognized and suitable rewarded.« »Aha,« dachte sich Kowalski, »das scheint ja für mich und meine kommenden Aufgaben in Santa Cruz einiges hoffen zu lassen…!?«

Am nächsten Tag auf dem Weg von San Francisco aus südlich Richtung Santa Cruz grölte er laut und schräg »Purple Rain« von Prince & the Revolution mit, das aus den Autoboxen dröhnte. Dieses pompöse Musikwerk von 1984 hatte Kowalski auf einem Sender im Autoradio gefunden und die Lautsprecher volle Pulle aufgedreht. Das hatte ihn dermaßen inspiriert, dass er sich einige Tage später sogar mal einen Abend den »Purple Rain«-Film in einem Autokino am Stadtrand von Santa Cruz anschaute.

In seinem Leihwagen lief aber auch häufig seine mitgebrachte Audio-Kassette von den Talking Heads mit dem genialen Sänger David Byrne. Von deren rhythmischen Wave-Songs ließ Kowalski sich aus den Boxen beschallen: auf der einen Kassettenseite die LP »Speaking in Tongues« von 1983 mit dem grandiosen Stück »Burning down the house«, dem Hit in den Szene-Discos; auf der Rückseite das 1984er Live-Album »Stop making sense«, das auch als Konzert-Film super gedreht worden war, mit dem außergewöhnlich aufgebauten Intro-Stück »Psycho Killer«.

# Santa Cruz

*»Wenn man zuhört,*
*wird's immer interessant.*
*Wenn ein Mann etwas zu dir sagt,*
*was dein Interesse erregt,*
*dann verbirg das nicht vor ihm.*
*Versuche über das nachzudenken,*
*was er denkt, statt darüber,*
*wie du ihm widersprechen kannst.«*
*aus »Wonniger Donnerstag« von John Steinbeck*

Von San Francisco aus fuhr Kowalski nicht etwa auf dem schnelleren und direkten Weg per Highway nach Santa Cruz, sondern er entschied sich für die Califonia Number One. Die Sonne ballerte, wie bei uns nur in besonders warmen Sommern. Es war in diesem Oktober 1986 unheimlich heiß in Kalifornien! So war er froh, seine weißen Birkenstock-Sandalen und eine leichte beige Leinenhose in seinem Gepäck zu haben, die er jetzt zusammen mit seinem neu gekauften blauen California-T-Shirt trug.

Diese malerische Route führte ihn die ganze Zeit entlang des Pazifischen Ozeans durch Eukalyptus-Haine: »Hm, wie das hier duftet,« versuchte sich Kowalski an den Duft von Eukalyptus-Bonbons zu erinnern. Es war aber auch ein wirklich fruchtbarer Landstrich, wo sogar Kiwis wuchsen. Gemütlich und entspannt zuckelte Kowalski gen Süden, wobei er nur den runden grünen Schildern mit der »Nr. 1« zu folgen brauchte.

Kurz vor Santa Cruz führte die »Number One« durch den Wilder Ranch State Park, der sich bis zur Küstenlinie hinzog. Und schon war Kowalski in Santa Cruz. Er bog von der Mission Street rechts in die Bay Street ab, erreichte den Hafen und folgte weiter der Bay Street, südlich der City, parallel zur Küste. Rechts von ihm lag der breite helle Sandstrand, und links sah er auf dem Santa Cruz Beach Boardwalk, den ‚Giant Dipper', eine alte Holzachterbahn aus dem Jahre 1924. Und ehe sich Kowalski versah, war er schon wieder mit seinem Leihwagen raus aus Santa Cruz.

Trotzdem fand er dann am östlichen Stadtrand von Santa Cruz rasch ein Zimmer in einem Motel im Stadtteil Capitola, am Ende des fruchtbaren Salinas-Tales mit seinen zahlreichen Artischocken-Feldern. Das Motel am East Cliff lag in der Nähe des Shaffers Tropical Garden und fiel ihm auf, da es den bezeichnenden Namen »Cannery Row« führte, zu Deutsch: »Die Straße der Ölsardinen«. Es roch glücklicherweise aber überhaupt nicht nach Fisch, sondern im Gegenteil eher nach mediterranen Kräutern und kalifornischen Südfrüchten. Von hier in Santa Cruz aus war es ja nicht so sehr weit bis zur Stadt Monterey, wo John Steinbeck 1945 mit der Figur des unvergessenen »Doc« Ed Rickett in seinem weltberühmten Roman »Cannery Row« und nochmals 1947 in dessen Fortsetzung »Sweet Thursday« (zu Deutsch: »Wonniger Donnerstag«) ein literarisches Denkmal gesetzt hatte. Kowalski fand es ganz nett, in solch einem »literarischen« Motel unterzukommen. Außerdem hatte das Motel den Vorteil, dass es am warmen Südküstenabschnitt der Monterey-Bay lag, wo er auch noch baden konnte. Kowalski wusste nämlich aus einem Reiseführer, dass das Klima an den Küstenabschnitten des Pazifiks im mittleren Kalifornien zwischen San Francisco und Monterey sonst eher rau, ruppig und mit den nördlichen kalten Meeresströmungen weniger attraktiv für Badende wäre. Da es im Oktober noch so heiß war, wagte Kowalski auch gleich den Abstieg steil bergab, an Baumwurzeln hangelnd, zum Strand von New Brighton State Park. »Super Strand hier«, dachte er sich, als er den breiten schönen Sandstrand dieser Südbucht erreichte. Der war dann auch noch überraschend leer, wahrscheinlich deswegen, weil sich nur wenige Strandbesucher den waghalsigen Abstieg über 30 m von Capitola runter durch die Sandsteinklippen antaten. Auf jeden Fall hatte er hier sein allererstes Bad in den wunderschön warmen, aber trotzdem erfrischenden Salzwasserfluten des pazifischen Ozeans.

Und für Kowalski entpuppte sich das Santa Cruz der 80er Jahre als ein sehr relaxtes Städtchen, weil diese unnachahmliche Späthippie-Atmosphäre herrschte. Der Spitzname der Stadt war ja nicht umsonst »Surf City USA«, seit 1885 dort zum ersten Mal in Kalifornien gesurft wurde. Aber auch bis in die jetzige Zeit fanden am West-Cliff-Drive internationale Surfwettbewerbe statt. Sicherlich tat auch die hier ansässige UCSC, die Universität of California, viel dazu bei, dass sich Kowalski im lebendigen Städtchen Santa Cruz sehr wohl fühlte. Die Universität war bekannt für ihre Liberalität und war außerdem ein Tummelplatz für Hippies und Alternative. In der ganzen Stadt kam es Kowalski vor, als würde ein allgemeines Freak-Treffen abgehalten: überall Langhaarige und Bärtige. Es gab da jede Menge Essen umsonst und Parks, in denen man einfach so schlafen konnte. Nicht dass er auf einmal im Park schlafen wollte, denn für ein Zimmer in einem Motel hatte er gerade noch Geld genug. Aber die Atmosphäre hier in Santa Cruz gefiel ihm deshalb sehr gut, weil man sich so richtig treiben lassen konnte...

Jedenfalls fand er in St. Cruz dann auch das Go Slugs-Festival, womit die Einwohner der Stadt die Rückkehr der gelben Bananenschnecke mit bunten Ständen, mit Straßenmusik, Jongleuren, Bauchtanz, Gauklern und vielen, vielen gelben Luftballons feierten. Sogar das australische Didgereedoo wurde bemüht. Ob jung, ob alt, die Bananen-Schnecke SLUG wurde allgemein und fröhlich abgefeiert. Und überall gab es alternative Läden und Restaurants verschiedenster Couleur.

»So,« dachte sich Kowalski, »das Go Slugs-Festival habe ich gefunden. Wo steckt jetzt Tommy Gölzenleuchtner?« Er hielt die Augen offen, als er durch die Straßen und Gässchen des beschaulichen Kleinstädtchens schlenderte. Bei dem einen oder anderen der Stände, die verschiedene FREE-Newspaper umsonst verteilten, zeigte er das mitgebrachte Foto von Tommy, erntete aber nur Kopfschütteln oder ein lakonisches: »No, I don't know him!«

Als Kowalski irgendwann schließlich Hunger verspürte, entschied er sich für das China-Restaurant unweit der City Hall mit dem lustigen Namen »Ducks and Rice« in der Walnut Street. Er hatte ja seit San Francisco eine kulinarische China-Tradition entwickelt, die er sich auch von der Bananenschnecke nicht streitig machen lassen wollte. Hier schmeckte es ihm so gut, dass er in den nächsten Tagen, die er in Santa Cruz verbrachte, immer wieder in dieses Restaurant zum Speisen zurück kam.

Abends kehrte er zu seinem Motel in Capitola zurück und erlebte seinen ersten fantastischen Sonnenuntergang am Strand von Capitola. Vom Cliffrand aus hatte er einen freien Blick nach Westen über die Bucht von Monterey und über die unendlichen Weiten des pazifischen Ozeans: darüber ergoss sich in gelben, orange, roten und lila Farben ein Naturschauspiel in Technicolor. Deshalb beschloss er, im Motel »Cannery Row« zu bleiben, zumal er ja auch über den schnellen Cabrillo Highway immer rasch in die City von Santa Cruz gelangen konnte.

Am nächsten Tag machte er einen Ausflug über die Laurel Green Road zum Mystery Spot, der hoch über Santa Cruz gelegen war. Er versuchte sein Glück auch hier oben und befragte den diensthabenden Ranger aus der Ranger-Station mit seinem Tommy-Foto. Aber der kannte ihn auch nicht. So blieb Kowalski dort oben nur, die fantastische Aussicht über die Monterey-Bay zu genießen, wo er schon mal da war.

Danach fuhr er über die Branciforte runter nach Santa Cruz, dann weiter über die Market Street, vorbei am County Court House bis zum Pier. Er parkte seinen Leihwagen, um sich zu Fuß am Santa Cruz Beach Boardwalk rumzutreiben. Bei einem Souvenir-Shop in der Nähe des Giant Dipper, der alten verlassen daliegenden historischen Holzachterbahn, kaufte er sich eine grelle Sonnenbrille. Sie hatte auf der rechten Seite ein rotes Oval und auf der linken Seite ein schwarz eingefasstes Dreieck. Dieses schrille an Bauhaus-Traditionen erinnernde Kunststoff-Objekt ließ Kowalski over-cool aussehen. Kein Wunder also, dass er am Strand von Santa Cruz von einem Dealer wegen Marihuana angehauen wurde. Der langhaarige Hippie-Typ erzählte freizügig, dass er Italiener war und Kowalski überhaupt nur wegen seiner irren Sonnenbrille angesprochen hatte. Dabei rollte er einen Stick aus Pot. Und dann rauchte er zusammen mit Kowalski diesen Grass-Joint, wobei sie gemütlich in der Sonne auf dem alten Pier saßen. Eine ältere Dame kam vorbei und meinte zu dem Italiener: »Früher als Kid haste wahrscheinlich noch kein Pot geraucht, was!? Ich bin zwar fast blind, aber ich bekomme trotzdem noch so allerlei mit…!«

»Wahrscheinlich konnte sie deshalb umso besser riechen…!?« dachte sich Kowalski, der ebenso vom herben Duft der Marke »Mexikan Gold« umwabert wurde.

So trieb ihn der sanfte Turn des Marihuana-Joints durch den Nachmittag, vorbei an altertümlichen Spielhallen, an einem Handleser, »Großmutter's Prophezeiungen«, einem Kuss-Tester und einem Gefühls-Tester. »Was es nicht so alles gibt…!?« schmunzelte Kowalski in sich rein.

Und danach tanzte er abends mit den jungen Leuten im Civic Auditorium in der Church Street, um seine »Nukes Off« zu bekommen. Tatsächlich, so stand das da: »Dance your nukes off!«, der erste jährliche 12-Stunden Tanz-Marathon, um die nuklearen Waffen einzufrieren: »Ob das wohl klappt, mit dem Dance-Benefit gegen die Nuclear Weapons?« fragte sich Kowalski dann auch nicht zu unrecht, obwohl ja immerhin von »Noon to Midnight« getanzt wurde…

Mit dem sympathischen jungen Chinesen, dem Inhaber des China-Imbiss »Ducks and Rice«, unterhielt er sich jetzt öfter, seit er täglich zum chinesisch Essen her kam. Der stellte sich als Mike Chen vor, war etwa 1,65 m groß, hatte natürlich wie alle Chinesen schwarze Haare, die ihm aber struppig auf dem Kopf standen. Er trug eine Kombination aus weißem Oberhemd und schwarzer Hose, die bei Chinesen scheinbar sehr beliebt war. In seinen Gesprächen mit Kowalski strahlte immer schnell ein Lächeln über sein rundes Gesicht. Von Mike Chen erfuhr Kowalski, dass dieser Verwandtschaft in Taipeh auf der chinesischen Insel Taiwan hatte, was aber Kowalski eigentlich gar nicht so sehr interessierte. Jedenfalls sollten die Verwandten seit 1949 dort wohnen, als beim verlorenen Bürgerkrieg die Kuomintang um Chiang Kai-shek von der kommunistischen Partei Mao Tse-tungs vom chinesischen Festland verjagt worden waren, und auch die Verwandten von Mike Chen auf die Insel Taiwan flüchteten.

»Aha«, entgegnete Kowalski, Anteilnahme spielend.

»Abel nicht so schlimm«, radebrechte Mike Chen weiter, »viele von denen haben es zu was geblacht. Mein Cousin Ma Linge Chen zum Beispiel ist Managel in einem gloßen Hotel in Taipeh, « wobei er dem staunenden Kowalski die Visitenkarte seines Cousins in die Hand drückte, die halb in Chinesisch, halb in Englisch bedruckt war. Der steckte diese gedankenverloren einfach ein.

Schließlich bekam Kowalski mit seinem Foto von Tommy Gölzenleuchtner dann doch tatsächlich noch eine Spur von ihm. Anscheinend glaubte nämlich Mike Chen, Tommy öfter in seinem Restaurant »Ducks and Rice« gesehen zu haben. Mit dem Zeigefinger seiner rechten Hand deutete Mike Chen auf das Foto von Tommy und mit seiner linken Hand machte er an seinem Kinn die typische Geste für einen Vollbart: »Ja, den habe ich an seinem blonden Vollbalt wiedel elkennt. Abel ich glaube, el seien wiedel weitel geleist: gelne gucken Neville Blothels«, meinte Mike Chen in seinem merkwürdigen chinesisch gefärbten Englisch. Dabei murmelte er was von: »Go East, go fal East…!"

Kowalski kam ins Grübeln: «Wenn mir einer in Kalifornien 'Go East' sagt, dann würde ich mich normalerweise in Richtung US-Amerikanische Ostküste bewegen. Denn über den Pazifik nach Ostasien müsste ja hier eigentlich ‚Go West' heißen. Oder sagen die hier ‚Westasien' zu unserem ‚Ostasien'? Denn in Deutschland wäre ‚Far East' eher der ferne Osten, also Japan, Taiwan oder Korea…!?«

Dann jedoch hatte Kowalski ein »Deja vu«, als er ein Plakat mit einem brennenden Alligator in den Sümpfen von Louisiana erspähte. »Tatsächlich, datt kenn ich doch,« dachte er sich, als er das Plakat von der Herbstkonzertreise der Neville Brothers auf einer Hauswand in der Walnut Street sah, also genau in jener Straße, wo sich direkt gegenüber auch der China-Imbiss »Ducks and Rice« befand.

Und ihm fiel es auf einmal wie Schuppen von den Augen: »ja klar, kein Wunder, dass Tommy auf einmal den Neville Brothers hinterher hechelte, wenn er so auf die stand…!?« Bis dato war ja ihr Album »Fiyo On The Bayou« die einzig bekannte Insider-LP. Denn die Band blieb bis Ende der 80er Jahre eher ein Kritikerliebling, als dass sie großen kommerziellen Erfolg hatte.

Aber laut Mike Chen wollte sich der gesuchte Tommy anscheinend genau dieses Konzert in New Orleans gerne anschauen. Und auf dem Plakat standen natürlich auch passender Weise die Gigs der Neville Brothers-Tournee:

**NEVILLE BROTHERS**

FIYO ON THE BAYOU

*THE NEVILLE BROTHERS on US-TOUR*
*St. Cruz, California, at Oct. 16.,1986*
*Denver, Colorado, at Oct. 28.,1986*
*New Orleans, Louisiana, as Halloween-concert at Oct. 31., 1986*

Kowalski las, stutzte, und grübelte: »Das Konzert hier in Santa Cruz war ja wohl schon längst: klaro! Denn am 16. Oktober war ich ja noch in San Francisco. Aber Momentchen mal. Hör mal, Mike Chen, was ist denn eigentlich heute für'n Tach?« Der relaxte Urlaub in Kalifornien hatte seinen Tribut gefordert und erhalten, denn Kowalskis Verhältnis zu Daten und Uhrzeiten war inzwischen reichlich verschwommen geworden.

»Also, heute ist 29. Oktobel« klärte der Chinese ihn auf.

»Aha, also waren se gestern in Denver. Und übermorgen ist Halloween. Das wird knapp, ist aber machbar«, dachte sich Kowalski, »nee nee, da lieg ich noch gut inne Zeit, wenn ich morgen am 30. Oktober nach New Orleans fliege...?!«

»Ja, dann mal los!« spornte er sich an und verabschiedete sich von Mike Chen.


Vor seinem Weiterflug nach New Orleans nahm Kowalski jedoch noch mal ein letztes Bad im Pazifik: »Wer weiß?« dachte er, »ob oder wann ich hier je wieder hin kommen werde...!?« Also stürzte er sich kurz vor Sonnenuntergang am Strand des New Brighton State Park in die warmen Fluten des Ozeans. Auf dem Rückweg vom Strand, hoch zu den Sandstein-Klippen von Capitola, sah er in der Dämmerung sogar einen Waschbären davon huschen. Danach gönnte er sich zum Abschluss in seinem Motel-Zimmer noch ein paar Gläschen aus seiner gekühlten Halb-Gallonen Flasche trockenem kalifornischen Chablis-Weißwein der Gebrüder Ernest & Julio Gallo.


## New Orleans

»Manche Menschen haben Schwingungen,
die ungebrochen aus dem vibrierenden Herzen
der Sonne kommen...«
Jack Kerouac


»Go East, go West, go far East…! Is egal, jetzt gehtet ab nach New Orleans", beschloss Kowalski, »das ist auf jeden Fall erst mal ziemlich weit östlich von hier aus gesehen.«

So hat er in Santa Cruz nicht einmal die berühmt-berüchtigte gelbe Bananenschnecke gesehen. Er checkte am nächsten Morgen aus seinem Motel in Capitola aus, fuhr mit seinem Leihwagen zurück nach San Francisco, gab ihn zurück und nahm die BART zum Flughafen Oakland.

Nun reiste er also weiter in die Südstaaten der USA: mit dem Flieger ging es von Oakland via Memphis nach New Orleans. Über den Rocky Mountains bekam er ein spärliches Breakfast hoch über den Wolken, das in keinem Fall mit Kowalskis ausgiebigen Coffeeshop-Besuchen in Kalifornien mithalten konnte. Der Flug ging von Kalifornien einmal fast quer über die USA bis nach Memphis, Tennessee, in die Elvis-Stadt, als kurzem Zwischenstop. In Memphis war es schon sehr heiß. Der Mississippi schlängelte sich durch die grünen Wälder Tennessees. Selbst im Flugzeug wurde es heißer und heißer. Als Snack gab es am Nachmittag im Flieger »some snaps in the air«: Bacardi-Lemon und Erdnüsse. Und da plötzlich, aber nicht unerwartet, tauchten die vielen verschlungenen Arme des Mississippi-Deltas in den Golf von Mexiko und die Sümpfe »down by law« auf, alles vergoldet von der im Westen untergehenden Sonne. Eine riesige grüne Sumpflandschaft, und mitten drin das aufregende New Orleans, und er, Kowalski, mitten drin im »Big Easy«. New Orleans, Louisiana, liegt in etwa auf dem Breitengrad von Bombay, Hongkong, den kanarischen Inseln, und viel weiter südlich als Southern California. Entsprechend heiß und schwül war's dort.

In New Orleans angekommen, quartierte Kowalski sich in das Hotel The Frenchmen in der 417 Frenchman St. ein. Das entpuppte sich als ein Hauptgewinn für seinen Aufenthalt in New Orleans. Denn hier wohnte er zwar zentral, da nur knapp außerhalb des French Quarters, aber trotzdem relativ ruhig. So vermied er es, mitten im Trubel des French Quarter oder der Bourbon Street schlafen zu müssen, die ihm eher als eine aufdringliche Mischung aus der Reeperbahn in St. Pauli und Havanna erschienen. Ihn lockte zwar schon das musikalische Nachtleben in New Orleans, aber er erlebte auch so gleich am ersten Abend schon in der ruhigen Frenchmen Street verschiedene interessante Orte.

Kowalski konnte es ja am ersten Abend in New Orleans, dem Vorabend zu Halloween, ruhig angehen lassen, denn sein »Auftritt« mit der Suche nach Tommy Gölzenleuchtner beim Neville Brothers-Konzert war erst für den nächsten Abend geplant. So verzichtete er auch mal auf sein geliebtes chinesisches Essen und bekam im Cajun- & Creole-Restaurant »Praline Connection« leckeres und lokales Soul-Food. Nur ein paar Häuser von seinem Hotel entfernt, ging er danach ins Cafe Istanbul, wo eine fetzige Life-Band namens »Ice Nine« spielte. Sie hatten eine Musikmischung aus Little Feat und Lynyrd Skynyrd drauf, so dass er dazu ein wenig tanzen konnte. Bei einigen Bacardi-Lemon unterhielt er sich mit Santiago, dem puertoricanischen Percussionisten von Ice Nine. Santiago erzählte ihm, dass er parallel in vier verschiedenen Musikgruppen spielte, um finanziell einigermaßen über die Runden zu kommen.

Am nächsten Morgen ließ sich Kowalski erst mal das üppige Frühstück mit frisch gepresstem Orangensaft auf der Sonnenterrasse des Frenchman-Hotels schmecken. »Na, das riecht ja hier nach Luxusurlaub«, dachte er sich, als ihn der Duft von gebratenem Schinken und Spiegeleiern umfing, »hhmmm, lecker die Spiegeleier, with the sunny side up, wie ich sie am liebsten mag...!« Dazu brannte die subtropische Sonne auf seinen Pelz. Nach dem Frühstück fragte er Jack, den Hotelmanager, ob es nicht eine Stelle in New Orleans gab, wo man sich nach Konzert-Terminen und Tickets erkundigen konnte.

»Yes, Sir«, antwortete Jack, indem er Kowalski eine hektographierte Karte der Innenstadt von New Orleans gab und darauf eine Stelle ankreuzte, »wir sind hier in der Frenchman Street. Und im Maison Blanche an der Canal Street gibt es den Ticket-Master. Das ist quasi auf der anderen Seite des French Quarters. Das können Sie zu Fuß gut erreichen und dabei gleich einen schönen Spaziergang durch die Bourbon Street machen.«

»Oh, thanks a lot, Mister Jack. «

Aber beim Ticket-Master erfuhr Kowalski jedoch mit Schrecken, dass er sich nicht nur durch das mehrmalige Hin- und Herfliegen über verschiedene Zeitzonen mit der Uhrzeit verrechnet hatte. Denn Kalifornien hatte ja alleine mit seiner Pacific Time gegenüber seiner heimischen MEZ schon eine Zeitverschiebung von – 9 Stunden zu bieten, dagegen hatte New Orleans mit seiner Central Time nur – 7 Stunden Zeitverschiebung. Aber Kowalski hatte dummerweise auch noch vergessen, in Santa Cruz auf dem Tournee-Plakat der Neville Brothers-Konzerte das Kleingedruckte zu lesen: nämlich die genaue Uhrzeit. Er hatte nur was von Halloween-Nacht in Erinnerung.

»Aber Halloween-Nacht ist hier wohl nicht gleich Halloween-Nacht«, stellte er kopfschüttelnd beim Ticket-Master fest. Denn die nette farbige Mitarbeiterin eröffnete ihm, dass das Halloween-Konzert mit den Neville Brothers im New Orleans Superdome schon in der letzten Nacht um 00.15 Uhr begonnen hatte: »das war ja auch schon der 31. Oktober, also Halloween, und das ist heute, und heute ist auch noch Freitag, also no problem...!«

»Scheiße! Mist! Fucking!« fluchte Kowalski, »Halloween ist ja heute den ganzen Tag. Und ich war sogar hier in New Orleans, als die Neville Brothers spielten. Nur hatte ich gedacht, die würden erst in der kommenden Nacht spielen. Während ich es in der Frenchman Street gemütlich angehen ließ, verpasste ich die Neville Brothers und womöglich Tommy Gölzenleuchtner hier beim Halloween-Konzert in New Orleans! Was für eine Pleite...!?!«

Aber die verständnisvolle Mitarbeiterin des Ticket-Masters tröstete ihn: »Die Neville Brothers spielen zwar in den nächsten Wochen erst mal nicht mehr in Louisiana, weil sie auf Auslandstournee sein werden. Aber es gibt da einen Gig mit Charmaine Neville mit ihrer Band, der Schwester der Neville Brothers.«

»Interessant«, schöpfte Kowalski neue Hoffnung, »wo und wann ist das denn?«

»Im Snug Harbor, so heißt der Club in der 626 Frenchman Street, da spielt die Neville Sister live. Und zwar am, Moment mal«, dabei blätterte die dunkelhäutige Schönheit in ihren Unterlagen, »ja, hier ist es: am 2. November, 09.30 p.m.«

Dieses Mal wollte Kowalski auf Nummer Sicher gehen, »also übermorgen Abend ab Halb Zehn?«

»Yes Sir, exactly!«

»Aber warten Sie mal", bohrte Kowalski nach, »was war das mit der Auslandstournee der Neville Brothers, von der Sie vorhin sprachen?«

»Ja, Momentchen«, wieder blätterte die freundliche Angestellte des Ticket-Masters in ihren Unterlagen, dieses Mal in einem anderen Prospekt, »ja, hier stehen sie, die Neville Brothers in Taiwan: die spielen zweimal in Taiwan, wo sie auch sehr viele Fans haben. Das erste Konzert ist bereits morgen, also am 1. November in Kaohsiung: das ist die größte Hafenstadt und zudem die zweitgrößte Stadt Taiwans. Ich glaube sogar, eine der größten Hafenstädte von Ostasien. Der Aaron Neville war ja früher selber Dockarbeiter. Den lieben die dort besonders! Das war auch übrigens der Grund, warum das Halloween-Konzert schon last night war. Denn heute fliegen die Nevilles ja schon Richtung Taiwan, um morgen pünktlich in Kaohsiung auftreten zu können. Und danach kommt eine Woche später, am 8. November, ebenfalls an einem Samstagabend, noch das Abschlusskonzert in Taipeh, der Hauptstadt von Taiwan. Denn in Ostasien sind die Neville Brothers tatsächlich äußerst beliebt.«

Kowalski schrieb sich die Daten der Auslandstournee in Taiwan für alle Fälle mal auf, falls er Tommy Gölzenleuchtner beim Konzert der Neville-Sister nicht auftreiben sollte. Denn die wollte er auf alle Fälle erleben, wenn sie ein paar Tage später im Snug Harbor samt Begleitband auftreten sollte. Das war auch noch zusätzlich sehr praktisch für ihn, weil das Snug Harbor ebenfalls in der Frenchman Street lag, wo er im Frenchman Hotel logierte, also nahe bei seinem Hotel.

Kowalski nutzte den restlichen Tag um eine »Swamp-Tour« zu machen, die er kurzentschlossen über sein Hotel gebucht hatte. Diese »Swamp-Tour« führte ihn durch die Sümpfe Louisianas: Alligatoren anschauen. Er fuhr mit noch anderen Touristen mit einem Reisebus in die Sümpfe von Louisiana. Denn er hatte noch vor kurzem, im gleichen Sommer 1986, im Dortmunder Programmkino Roxy den neuen Jim-Jarmusch-Kultfilm »Down by law« gesehen: als Schwarzweiß-Komödie mit Tom Waits, John Lurie und Roberto Benigni in den Hauptrollen, wobei die Schauspieler genau durch die Sümpfe des Mississippi-Deltas geflüchtet waren.

Mittlerweile waren Kowalski und sein Touri-Trüppchen auch in diesem Sumpfgebiet angekommen. Sie stiegen in ein Boot um, das sie durch ein verwirrendes Netz von Wasserstraßen führte, vorbei an verwunschenen Bäumen voller hängender Moose, aber alles in bunt. Dafür roch es dumpf und modrig. Sie sahen auch schon mal einige Silber- oder Seidenreiher majestätisch auf Baumwipfeln am Ufer stehen. Aber dann kam der Höhepunkt: der Bootsführer hatte die Stelle gefunden, wo einige kleine Alligatoren herumschwammen. Sie sahen nur die Köpfe mit den langen ledrigen Schnauzen aus dem Wasser lugen, so dass man sie auf vielleicht einen Meter Länge schätzen konnte: also eher noch Jungtiere, aber immerhin.

Hinterher am Abend bestellte sich Kowalski zur Abrundung des Tages gebratenen Alligator im Restaurant »Gumbo Shop« in der 630 Saint Peter Street, das sich wegen ihrer kreolischen Küche rühmte. Dazu gab's leckeren Gumbo, einen Cajun-Eintopf, der nach exotischen kreolischen Gewürzen duftete. Der Alligator selber kam als Geschnetzeltes auf seinem Teller daher. »So schmeckt also Alligator«, kostete er das unbekannte Gericht, »na ja, mit ner scharfen Sauce bekommt man eigentlich alles runter...!«

Am 2. November sollte ja abends der Auftritt von Charmaine Neville stattfinden. Damit Kowalski diesen Gig nicht auch noch verpasste, machte er tagsüber nur ein paar leichte Unternehmungen zu Fuß. Dabei schaute er sich die Betonschüssel des Superdome an, wo er das Neville Brothers Halloween-Konzert verpasst hatte. »Aha«, überlegte er, »atmosphärisch passen auch sicherlich die Football-Spiele der NFL von den ‚New Orleans Saints' viel besser dort rein als solch ein warmes und souliges Konzert der Nevilles...!? Aber Platz für jede Menge Zuschauer hat's dort immerhin!«

Und dann erlebte Kowalski abends tatsächlich seinen musikalischen Höhepunkt in den USA: Charmaine Neville, die Schwester der Neville Brothers, mit ihrer Band, die vier Stunden lang im Snug Harbor spielten: »Great!« fand er Charmaine, die eine gute Power hatte und eine gute Show machte: sie hatte lange Dreadlocks bis über den Po hinaus, sie sang und bediente die Percussion nebenher. Ihre Band bestand aus Reggie Houston am Saxophon, Amasa Miller am Piano, außerdem Bass, Drums und Percussion, vier Schwarze und zwei Weiße. Von der Körpersprache her gefiel Kowalski am besten der schwarze Percussionist Gerald: sein Körper lächelte. Er unterhielt sich hinterher noch ein wenig mit ihm, während er sogar einmal mit ihm in dessen Auto um den Block fuhr. Denn in den USA fährt man lieber im Auto herum, statt zu Fuß zu laufen, wenn man sich unterhalten möchte. »Aber was für ein Gerümpel der da drin hatte!?« dachte sich Kowalski, »wie bei Hempels aufm Hof!«

Aber er ‚arbeitete' auch ein bisschen in der Nacht, indem er sich im Snug Harbour nach Tommy umsah und dabei Charmaine Neville lauschte. Gute soulige Mucke, auch Weiße im Publikum, nur von Tommy war weit und breit nichts zu sehen.

Charmaine startete den Gig mit dem schlüpfrigen Song »The right key but the wrong keyhole«: mit diesen erotischen Anspielungen hatte sie gleich die Aufmerksamkeit des Publikums auf ihrer Seite. Danach folgte das unvergleichliche »Hit the Road Jack«, womit sie sowohl Kowalski als auch alle anderen Rhythmusbegeisterten anturnte. Ganz am Schluss interpretierte sie hervorragend in einem Medley die Neville Brothers-Hits »Hey Pocky Way« und »Brother John – Iko Iko«. Die Musik von Charmaine Neville gefiel Kowalski so gut, dass er sich eine Musikkassette der Band kaufte. Damit ging er backstage, um sich von Charmaine ein Autogramm geben zu lassen, was sie auch bereitwillig machte. Überhaupt war sie sehr relaxed und nett zu ihm. Und sie duftete trotz ihres schweißtreibenden Auftritts immer noch frisch nach Kokosnuss-Öl. Als er ihr reflexartig wie fast jedem hier in den USA Tommys Foto zeigte, leuchteten ihre Augen freundlich: »Ah, the smart white-bread! Ja, den Mann auf dem Foto, den kenn ich. His name is Tommy? Der war vielleicht nett. Ist das ein Freund von dir? Den hab ich beim Halloween-Konzert meiner Brüder vor ein paar Tagen hier in New Orleans kennen gelernt. Auf jeden Fall hat er sich doch mit Aaron so gut verstanden. He was hanging around with my brother whole night long…! Den haben sie gleich als Ersatz-Roadmanager mit nach Taiwan genommen, weil der reguläre Roadmanager wegen nem Todesfall in der Familie nicht mit nach Taipeh fliegen wollte. But he is now in Taiwan, where my brothers have two gigs. «

Am nächsten Morgen rief Kowalski sofort Zeterlich an: »Chefe, was soll ich machen? Ich hab ne Spur von Tommy Gölzenleuchtner. Erst hat man ihn in Kalifornien erkannt. Dann habe ich ihn hier in New Orleans um eine Nacht verpasst. Aber er soll weiter nach Taiwan unterwegs sein. Soll ich ihm nach Taipeh hinterher?«

»Mann, Kowalski, in New Orleans biste gelandet? Kommste viel rum, wa …!? Ja, dann fliegste halt nach Taipeh. Hinterher! Schnapp ihn dir. Aber ich hab's dir ja schon mal gesagt: wenn du fliegst, dann nimmste immer den günstigsten Flug. Es kann ruhig länger dauern. Du kannst auch öfter zwischenlanden, aber es soll immer so preiswert wie möglich sein! Das ist die Devise unserer Firma für deine Außenaktivitäten. Viel Glück, Kowalski!«

Da die nächste Verbindung von New Orleans über L.A. nach Taipeh erst zwei Tage später zustande kam, hatte Kowalski wenigstens etwas Zeit, sich auf eigene Kosten in New Orleans umzusehen. Das machte er dann ausgiebig, aber im Kurzprogramm: tagsüber besuchte er das Voodoo-Museum in der 724 Dumaine Street und streifte dann mit seiner roten Liebes-Voodoo-Puppe in der Hosentasche, die er im Museum erstanden hatte, durch die Clubs, auf der Suche nach irgendeiner fetzigen Latin- oder Soulgruppe, und natürlich: »cherchez la femme«…!

Abends schlenderte er entlang der Bourbon Street durch das berühmt-berüchtigte French Quarter, wo es nicht nur Sex-Clubs mit Table-Dance gab, sondern auch ein breit gestreutes Angebot an Live-Clubs, in denen Musikgruppen aller Couleur auftraten. Besonders gefielen ihm die Cajun-Musik und eine Soul-Gruppe, aber auch die verschiedenen Latin-Bands im »Cafe Sahara«.

Aber Kowalski war ja auch ein alleinreisender Mann, so dass ihn all die Verlockungen der Bourbon Street mit »Girls – Girls – Girls«, ganz nackt oder halb nackt, Orgien, Girls & Boys, Sex & Kabarett, französisch oder normal, Sex-Shops und Zubehör aller Art verlockten. Also nicht lange überlegen, rein da ins »Papa Joe's«, wo Table-Dance geboten wurde, zumal es so einfach war: kein Eintritt, der einen vielleicht noch hätte zaudern lassen können. Nur einen Drink musste man bestellen. Und dort tanzten dann die Mädels zu heißer Musik. Er wurde direkt an ihr »Arbeitspodest« geführt, saß einer Dame Auge zu Brustwarze gegenüber. Sie rekelte sich und machte eindeutige Bewegungen mit dem ganzen Körper, zog sich langsam aus, bis nur noch ein winziges Stückchen Stoff ihre Muschi bedeckte. Sie schaffte sich innerhalb von zwei Musikstücken die Kleider vom Leibe und tanzte ein wenig nackt vor ihm herum.

»Na ja«, grübelte Kowalski ob dieser Verrenkungen, »das ist ja nun doch nicht das Gelbe vom Ei: nur gucken, sonst nix. Ich werde hier hoch gegeilt, und dann kann ich wieder gehen. Mach ich jetzt auch! Wenigstens schmeckte der Bacardi-Lemon...«

Am nächsten Tag machte er als Kontrastprogramm mit einem Budget-Leihwagen einen Ausflug rüber zum Staat Mississippi, einem der anderen US-Südstaaten. Da bekam er es doch fast mit der Angst zu tun, als er durchs ländliche Mississippi fuhr und an die Schlussszene aus dem legendären 1969er Film »Easy Rider« von und mit Dennis Hopper, Peter Fonda und Jack Nicholson dachte, als die Hippie-Biker von Männern der konservativen Südstaaten-Landbevölkerung mit Gewehrschüssen empfangen wurden. Denn schon immer war die Bevölkerung des sogenannten »Bibel-Gürtels« ein Born von US-amerikanischen Fundamentalisten. »Aber noch mal gut gegangen«, war Kowalski froh, als er gegen den stark blendenden Sonnenuntergang erst zurück nach Louisiana kam und dann nach New Orleans »heimfuhr«...

Am letzten Morgen checkte er im Frenchman Hotel aus, verabschiedete sich vom netten Manager Jack, der ihm auch den Flughafen-Shuttlebus besorgt hatte. Von New Orleans flog er nun nach Los Angeles; dort stieg er nach einigen Stunden Wartezeit in den Flieger der Northwest-Airline nach Taipeh und flog quer über den Pazifik nach Taiwan.

# Taipeh

*»Den Weg erleuchten gleicht der Dunkelheit;*
*Den Weg vorangehen scheint wie Rückwärtsschreiten;*
*Den Weg plan machen scheint Unebenheit.*
*Der Weg verbirgt sich und ist namenlos.«*
*41. Kapitel des 2. Buches des »Tao-te King«*
*(Tao = »der Weg«) von Lao-tse.*

Nur einen Tag später erlebte Kowalski das totale Kontrastprogramm in Taiwan. Nachdem er im beschaulichen New Orleans fast alles zu Fuß erledigen konnte und die Sprache und Kultur in Louisiana verstanden hatte, eröffnete sich plötzlich vor ihm der Riesenmoloch Taipeh. In dieser Millionenmetropole mit den fremden chinesischen Schriftzeichen und ihrem Verkehr ohne Ende kam Kowalski sich vor wie auf einem anderen Stern. Denn überall wuselten Chinesen wie fleißige zweibeinige Ameisen herum, soweit das Auge reichte, kleine schwarzhaarige emsige Chinesen, Millionen von Chinesen. Hier hatte er wirklich keinerlei Probleme, chinesisches Essen zu finden, eher ein Problem, jemand zu finden, der Englisch sprach. Mittlerweile war es der 5. November geworden; und Kowalski hatte noch drei Tage Zeit bis zum Neville Brothers-Konzert am 8. November in Taipeh.

»Gut, dass ich die Visitenkarte von Mike Chens Cousin noch in der Tasche hatte«, dachte sich Kowalski, weil er diese nämlich am CKS International Airport von Taiwan einem Taxifahrer nur unter die Nase zu halten brauchte. So kam er ohne große Umstände in die etwa eine Autofahrstunde entfernte Hauptstadt Taipeh, wo er im Hui Feng-Hotel eincheckte, in dem Mike Chens Cousin Ma Linge Chen der Manager war. Das Hui Feng-Hotel lag an der Changan West Road, einer Parallelstraße zur Nanking West Road. Das war nicht so weit von der Innenstadt, mehr am Rande der City, nicht weit vom Bahnhof entfernt. Deshalb bekam Kowalski auch ein für Taiwan'sche Verhältnisse noch relativ günstiges Zimmer für 700 NT $, was New Taiwan-Dollar bedeutet und umgerechnet ca. 50,-- DM waren.

Und dieser Ma Linge hatte tatsächlich eine gewisse Ähnlichkeit mit seinem Cousin Mike Chen aus Santa Cruz. »Aber dieses Schicksal teilt er wohl mit mindestens einer Milliarde anderer Chinesen, zumindest mit meinen westlichen Augen gesehen«, schmunzelte Kowalski in sich hinein.


Und dann räsonierte Kowalski über dieses merkwürdige Phänomen: »Zeigst Du irgendeinem Chinesen das Foto von Tommy, dann lacht der nur und bestätigt mit vielen Gesten und Kopfnicken, diesen Mann auf dem Foto zu kennen. Lachen tun sie alle lieber mal, bevor man noch sein Gesicht verliert, wenn man zugeben würde, nichts zu wissen...!« Er begriff langsam, dass fast alle Chinesen sein Tommy-Foto kannten.

Während nämlich Kowalski dem Hotelmanager Tommys Foto zeigte, schaute dieser erst das Foto an, dann mit dem Zeigefinger nach draußen: »Thele, thele is youl man!« Also: »Dolt ist Ihl Mann!« Dabei zeigte er auf ein Terminator-Filmplakat mit Arnold Schwarzenegger, das an einer Mauer der gegenüberliegenden Straßenseite hing.

Kowalski kombinierte messerscharf: »Den Chinesen hätte er auch sein eigenes Passfoto oder eben dieses Plakat von Arnold Schwarzenegger oder gar eines von Otto Waalkes hinhalten können. Immer würde bestätigt werden, dass sie diesen Mann auf dem Foto wiederzuerkennen glauben: ‚Yes, that was the man, I have seen yestelday hele in this hotel.' Denn genauso wie wir die Millionen Chinesen-Gesichter kaum auseinander halten können, geht es denen mit uns: für sie sehen alle Langnasen gleich aus! Die können uns Langnasen einfach nicht unterscheiden. Haben sie eine Langnase persönlich gesehen, kennen sie alle...!«

*Arnold Schwarzenegger als »Terminator«, Otto Waalkes oder gar Danny Kowalski, hier in St. Cruz 1986 mit schriller Sonnenbrille: »Hast du eine Langnase gesehen, kennst du sie alle...«, denkt sich nicht zu Unrecht jeder Chinese.*

Als Kowalski schließlich versuchte, den Veranstaltungsort des Neville Brothers Konzertes rauszufinden, wussten die meisten Chinesen gar nicht so recht, was Sache war, als er sich nach einem Rockn Roll-Concert erkundigte. Denn viele Ostasiaten können das »R« nicht aussprechen und sagen stattdessen »L«, also z.B. zu uns fremden Langnasen etwa: »Leally, tomollow evening is a Lockn Loll-Concelt«, also »really, tommorow evening is a rockn roll-concert«.

Dafür, dass die meisten Chinesen kein »R« aussprechen können und stattdessen lieber ein »L« sagen, gab es aber auch Gegenbeispiele von Chinesen mit Überidentifikation, wie Kowalski sich erinnerte: »Im Hagener China-Restaurant ,Lotos' bestellte ich mal ein Glas Moselwein. Und die chinesische Serviererin konnte das ,R' so gut, dass sie lieber aufs ,L' ganz verzichtete. So hieß dann auch ihre Bestätigung meiner Bestellung ,Ein Gras Moser', das sie mir vor meine staunenden Augen auf den Tisch stellte...«

»Oje oje, das wird wohl nix hier«, befürchtete Kowalski, »go west, go east, go far east: da war wohl doch irgendwas dran, was Mike Chen in St. Cruz erzählte...!?"

Kowalski fragte sich allmählich, warum die Neville Brothers, die ja 1986 eh noch ein Insider-Tipp waren, ausgerechnet in Taipeh auftraten. Ob da wohl so viele Insider in der Hauptstadt der chinesischen Insel Taiwan lebten? Aber es schien sich ja in asiatischen Ländern durchgesetzt zu haben, dass jedes Land eine westliche Rockgruppe für sich als Lieblingsband adaptiert hatte. Die Japaner waren beispielsweise ganz gallig auf die Hannoveraner Hard-Rock-Gruppe Scorpions. Und BAP soll in der Volksrepublik China sehr erfolgreich gewesen sein. Warum dann nicht auch die Neville Brothers in Taiwan...!?

Nach langem Suchen und einem aufklärenden Anruf bei der Touristik Information fand Kowalski doch schließlich heraus, wo das Neville Brothers Konzert stattfinden sollte: in der Sun Yat Sen Memorial Hall an der Chunghsiao East Road. Er kam aber erst an, als der Gig schon begonnen hatte. Die Bühnendekoration hinter den Musikern bestand aus dem bekannten Plattencover mit einem riesigen brennenden Alligator in den grünen Sümpfen von Louisiana. Die Neville Brothers spielten gerade »Hey Pocky Way«, das erste Stück ihrer LP »Fiyo On The Bayou« von 1981. »Hey, das kenne ich doch schon aus New Orleans von Charmaine Neville: super Musik«, dachte sich Kowalski, tanzte mit und sah sich dabei nach Tommy um, ohne ihn zu entdecken. Anschließend kam auch schon das Titelstück »Fire on the Bayou« mit seinen treibenden Rhythmen und den funkigen Grooves. Kowalski fand einen Programm-Flyer des Konzerts, auf dem die Konzert-Titel einzeln aufgeführt waren. Danach spielten die Nevilles auch mal eine romantische Soul-Ballade, nämlich »Mona Lisa«, das sie Bette Midler gewidmet hatten. Bei dem langsamen Stück sah sich Kowalski noch mal gründlicher um, aber er war anscheinend die einzige weiße Langnase hier…!? Aus dem Flyer erfuhr er, dass die nächsten Stücke von der LP »Nevillization« von 1982 waren: »Fear, Hate, Envy & Jealousy« mit dem mehrstimmigen Gesang der Nevilles, der hervorragend rhythmisch unterlegt war. Beim Stück »Lil Lisa Jane« mochte er besonders das groovige Saxophon von Charles Neville als Antreiber für den Rhythmus. Schließlich folgte der soulige Gospel-Evergreen »Down by the Riverside«.

Als Zugaben kamen einige Stücke von der LP »Fiyo On The Bayou«. Und da ging's wieder richtig ab mit schnelleren Rhythmen, was den Taiwan-Chinesen anscheinend viel besser gefiel als die vorherigen Soul-Balladen. Als erste Zugabe spielten die Nevilles ihr geniales Stück »Brother John - Iko Iko«, was ja Kowalski als inzwischen mittelschwerer Neville-Kenner ebenfalls vom Neville-Sister-Konzert im Snug Harbor schon kannte. Und als allerletzte Zugabe fetzten sie noch mal mit »Run Joe« einen flotten Rhythmus los. Nachdem er die Nevilles hier in Taipeh 1986 zum ersten Mal live erlebt hatte, wo sie eine Mixtur aus »Fiyo On The Bayou« von 1981 und »Nevillization – Live at Tipitinas« von 1982 spielten, konnte er sich auf einmal gut vorstellen, warum Tommy solch ein Neville Brothers-Fan war. Die vier Brüder Art (* 1937), Charles (* 1938), Aaron (*1941) und Cyril Neville (* 1948) waren zwar eine Ecke älter als Tommy und er, aber sie trafen auch Kowalski mitten in sein musikalisches Herz und sein Tanzbein sowieso: »Die machen einfach echt gute Mucke...!«, dachte er sich. Noch überraschter war er, als sich Aaron und seine Brüder nach der letzten Zugabe auf den Bühnenrand setzten und mit dem Publikum ganz locker los plauderten.

Nach dem Konzert ging Kowalski Backstage und erkundigte sich dort mit seinem Foto nach Tommy. Aaron Neville erkannte Tommy sofort wieder und antwortete ihm: »Yeah man, ich bin der Brother Soul, aber ich habe auch ein Herz für weiße Brothers, wenn sie Good Vibration haben... Well, der Tommy hat auch ein gutes Herz! But sorry, er ist doch schon in L.A. bei unserer Zwischenlandung wieder abgesprungen.«

»Aber Ihr sollt Euch doch so gut verstanden haben!?« meinte Kowalski.

»Ja, nachdem wir Halloween in New Orleans die ganze Nacht zusammen durchgekifft hatten...! Aber danach, während des Fluges nach L.A. stellte sich raus, dass er von Road-Management leider keinen Funken Ahnung hatte,« erklärte Aaron.

»Hm«, grübelte Kowalski und stellte sich dabei vor, was für eine Figur der schlanke dunkelblonde und immerhin 1,86 m große Tommy neben dem farbigen früheren Dockarbeiter Aaron Neville mit dem Aussehen eines Kleiderschranks abgegeben hatte: »Na ja, Gegensätze sollen sich ja bekanntlich anziehen...!?« Trotz des schweißtreibenden Auftritts duftete Aaron nach irgendwas wie Vanille, bemerkte Kowalskis Nase überrascht.

»Er wollte wohl wegen seines Visums auch lieber in den USA bleiben,« fuhr Aaron fort, »denn er hatte kein ‚multiple Bearer’, sondern nur ein ‚one Bearer-Visum’, das war also nur für eine und nicht für mehrere Einreisen gültig. Das Risiko war ihm wohl zu groß, hinterher nicht wieder mit zurück in die USA kommen zu können. Auf jeden Fall ist er am LAX, dem International Airport von L.A., wieder ausgestiegen. Und wir haben dort zum Glück auf die Schnelle von unserer Agentur einen anderen Roadmanager bekommen.«

»Ob das alles so stimmt, was mir Aaron über Tommy aufgetischt hat, kann ich eh nicht nachweisen« sagte sich Kowalski. »Wenn die Nevilles den Tommy einfach vor mir verstecken wollen, bekomme ich das hier auch nicht raus. Da könnte ich überhaupt nix machen. Zumal die Chinesen ja auch überhaupt keine Hilfe für mich wären.«

Am nächsten Morgen warf Kowalski innerlich entnervt das Handtuch und rief vom Hotel aus Zeterlich in Dortmund an: »Chefe, hier in Taipeh ist er doch nicht. Angeblich soll er in L.A. geblieben sein, sagte mir einer von den Neville Brothers gestern Abend. Was soll ich jetzt machen? Soll ich wieder zurück nach Kalifornien und ihn dort weiter suchen?«

»Nee nee, Kowalski, lass stecken! Aus deiner heißen Spur ist ja wohl jetzt ne kalte geworden. Außerdem scheint das doch eine ziemlich verwirrende Geschichte zu sein!? Ich glaub, das bringt uns im Moment nur noch mehr Zusatzkosten. Die Sache ist erst mal ausgereizt! Komm zurück nach Hause!«

Das sah Kowalski letztlich auch ein und fuhr mit einem Bus zum Büro der KLM Royal Dutch Airlines: das befand sich an der Ecke Nanking East Road/Tunhua North Road, direkt neben dem Chunghua Sports & Culture Center. Dort tauschte er sein überflüssiges Return-Ticket »Oakland -> Amsterdam« mit einem vertretbaren Aufpreis gegen ein einfaches Ticket »Taipeh -> Amsterdam« um.

Nach dem Reinfall mit dem nicht aufgespürten Tommy wollte er in Taipeh so schnell wie möglich die Biege machen und hatte das Glück, dass er schon einen Tag später einen freien Platz in einer KLM-Maschine bekam, die ihn von Taipeh über Bangkok nach Amsterdam brachte. An seinem letzten Abend in Taipeh aß er sich im Sun-Moon-Restaurant wenigstens lecker den Frust vom Leib, als er sich nach eingehendem Studium der chinesischen Speisekarte für eine knusprig-rote Peking-Ente entschied. Diese schmeckte ihm nicht nur sehr gut und war ordentlich scharf, sondern ihr typisches Aroma brannte sich für lange Zeit in Kowalskis Nase ein, wie auch der Duft von den Schüsselchen vor ihm mit den verschiedenen Köstlichkeiten. All diese exotischen Gerüche aus diesem Restaurant würde er sicherlich so schnell nicht mehr vergessen: die

Soja-Sauce und das Ingwergewürz, der überall wabernde Rauch der Sandel-holz-Räucherstäbchen und nach dem Essen der feine Duft des Jasmin-Tees verbanden sich zu einem olfaktorischen Abenteuer...

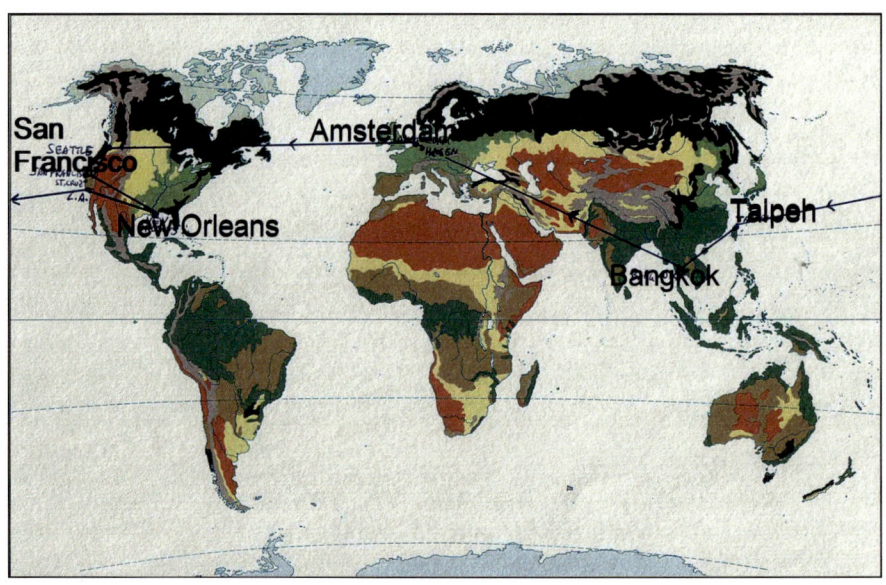

*Kowalskis unfreiwillige Weltreise 1986 über drei Kontinente: Hagen -> Amsterdam -> Seattle -> Oakland -> San Francisco -> Santa Cruz (Kalifornien) -> New Orleans -> Los Angeles -> Taipeh -> Bangkok -> Amsterdam -> Hagen*

# Teil 3 - Heimspiele in Hagen

*»Wenn du auf den Gipfel eines Berges kommst,*
*klettere weiter.«*
*Berühmter Zen-Spruch aus »Gammler, Zen und Hohe Berge«*
*von Jack Kerouac*

*»**Auf** Emst, aber **in** Hagen-Eilpe wohnen,*
***auf** Schalke, aber **ins** Dortmunder Stadion geh'n,*
***auf** Schwerin, aber **in** Castrop-Rauxel leben...«*
*Das sind so die geheimnisvollen Merkwürdigkeiten*
*der Ruhri-Grammatik, wenn man sich instinktiv bei*
*Höhenlagen zwischen »auf« und »in« entscheiden muss...*

## Jyttes Geheimnis

Kowalski hatte ja bei seinen »Auswärtsspielen« in Übersee überraschend eine Erdumrundung gemacht. Denn er kam wegen seiner Recherchen erst von Hagen über Amsterdam und Seattle nach Oakland in Kalifornien. Danach flog er nach New Orleans, von dort aus ging's per Flieger nach Los Angeles, weiter über den Pazifik nach Taipeh auf der Insel Taiwan, die sich offiziell R.O.C. nennt, also Republic of China. Schließlich gelangte er von dort aus über Bangkok und Amsterdam zurück nach Hagen.

Er kam also vom »Außendienst-Urlaub« zurück und hatte sich dabei einen Jet-Lag gefangen, der sich gewaschen hatte. Am nächsten Tag meldete er sich noch etwas benommen zum Dienst zurück. Schließlich schaute er nach einigen Tagen auch mal bei Jytte Gölzenleuchtner vorbei.

Jytte hatte eine geheime Leidenschaft, die Kowalski natürlich deshalb völlig unbekannt war. Davon erzählte sie ihm denn auch erst später zu einer passenden Gelegenheit. Sie blühte nämlich immer nur dann erotisch auf, wenn sie den Abenteuergeschichten ihres Mannes lauschen konnte. Wenn er braungebrannt zurückkam und nach wilden Geschichten roch, dann erlebte sie die fernen Abenteuer durch ihn mit. Nur dann wurde sie weich und sinnlich und konnte sich ihm völlig hingeben. In solchen Situationen ergötzten sie sich beide an ihren wilden Liebesspielen in ihrem breiten Wasserbett.

Solches widerfuhr Kowalski, als er von seiner ersten detektivischen Reise in die USA und Taiwan nach Hagen zurückkam. Als er Jytte auf Emst besuchte, führte sie ihn sofort in ihr gemütliches Wohnzimmer. Der Blumenladen war ja durch die taffe Azubi Carola gut versorgt. Während die auszubildende Blumenfreundin den Laden schmiss, den sie auch schon öfters am Abend abgeschlossen hatte, geschah mit der »Mutter der Blumen« eine seltsame und wundersame Öffnung ihrer Blüten...

Jyttes Erscheinung an jenem Tag ließ Kowalski sofort denken: »zum Verlieben, diese Frau!« Sie sah nämlich umwerfend aus, in ihrer knappen strahlend weißen Jeans, ihrer roten luftigen Bluse, darüber passend die langen blonden Haare, und das strahlende Lächeln einer jungen Frau in voller Blüte. Das war der Tag, an dem sich sein Leben ändern sollte, und von diesem Tag an sollte es nie mehr so wie früher sein...

»Erzählen Sie schon, Herr Kowalski, was haben Sie denn so in der Zwischenzeit erlebt?« Der berichtete gerne und ausführlich über seine detektivischen Reisen nach Kalifornien, New Orleans und Taiwan. Derweil wurde es dunkel, Jytte steckte eine Kerze an, und Kowalski redete sich die Zunge wund. Jytte wurde inzwischen immer ungeduldiger und bekam hektische rote Flecken im Gesicht und am Hals. Das bemerkte er zunächst gar nicht, sondern erst, als sie sich plötzlich und unerwartet auf seinen Schoß setzte und ihre Arme um ihn schlang. Er wusste gar nicht, wie ihm geschah. Denn er hatte sie vorher eher für eine kühle und spröde Skandinavierin gehalten. Von Jyttes Leidenschaft hatte er nichts gewusst. Aber seine aufregenden Erzählungen aus heißeren Breitengraden hatten sie erhitzt. Ihre Sehnsucht nach fernen Ländern aus zweiter Hand brachte ihm überraschend ihre Zärtlichkeit. Und Jytte verliebte sich in ihn. Erst ihre Liebe, dann die aufgestaute Erotik trieben sie in ihr Schlafzimmer auf ihr Wasserbett. Das kam ihm allerdings auch sehr entgegen, denn dadurch wurden sie von unten gewärmt, kam er doch gerade aus viel wärmeren Gefilden. Rasch fanden sich ihre Lippen, und die Zungen begannen eine erotische Unterhaltung. Sie wurden mit der Zeit immer wilder, geiler und ausgelassener, wälzten sich eng umschlungen auf ihrem warmen Wasserbett. Bald hatten sie sich gegenseitig ganz ausgezogen und streichelten sich zur gegenseitigen Höchstlust, so dass er vor Anspannung kaum noch an sich halten konnte, als er seine Erregung warm, zuckend und bereit zwischen ihren schönen großen Brüsten barg. Dabei streichelte er abwechselnd ihre Rundungen: die wahnsinnig erotische Konkavrundung ihrer schmalen Taille, die schönen weichen Brüste und ihr runder Po. Das gefiel ihnen beiden wohl. Danach erforschte sie ihn mit ihrer Zunge und verursachte bei ihm ein großes Lustgefühl, so zärtlich, weich und geil fühlte sich das an. Herrlich aneinander-gelehnt hielt er ihre weichen Brüste wohl umspannt, während sie mit ihrem zärtlichen Mund seinen ganzen Unterleib in Aufruhr versetzte. Jytte liebte es, wenn sie unter ihm lag und dabei ihre schlanken Beine über seine Schultern legte. Das gefiel ihr gut, es war schön, und er knubbelte und knutschte ihr die Schultern. Er konnte sich mit seinem ganzen Körper dagegen legen und wunderschön tief in sie eintauchen. Aber es war zwischendurch auch ganz toll, einfach innezuhalten und das schöne Bild vor ihm zu betrachten: diese schöne Frau mit ihrem lieblichen Busen und dem geilen Hüft-Taillen-Schwung. Er spielte mit ihren Brustwarzen, die sich immer wieder verhärteten und um-fasste ihre Brüste mit beiden Händen fest, was sie sehr gerne hatte, denn sie drückte seine Hände mit ihren ganz fest auf ihre Brüste. Nun machte sie sich wiederum mit diesem wunderschönen tastenden Spiel ihrer Hand auf die erotische Wanderschaft, was ihn wiederum zum geilen Stöhnen brachte...! Da-nach waren sie noch einmal ganz eng umschlungen und ineinander verkrallt und knutschten und beglückten sich mit Zungen und Fingern, die suchten und fanden und spielten; und sie besorgten es sich ganz toll, dass erst sie ihr erlösendes Orgasmus-Stöhnen laut und entspannt laufen ließ. Eine längere Zeit ließ sie ihre Wellen glücklich durch ihren Körper zucken und wabern, dass es nur so eine Freude war, sie zu spüren. Dann durfte er auch endlich mit großer Lust kommen, und es war toll für ihn und sie und für sie beide!

Nachdem sie ihre erste Lust befriedigt hatten, kuschelten sie sich zufrieden aneinander: sein von der kalifornischen Sonne tiefbrauner Körper gab einen gut passenden Kontrast ab zur alabasterfarbenen Winterblässe seiner schönen blonden Geliebten Jytte.

Zwischendurch war ihm, als hätte er einen etwa vier Kilo schweren schwarzen Schatten aufs Bett springen bemerkt. Aber Lilli war dann wohl wieder diskret verschwunden.

Aber direkt vor ihm war's noch viel schöner: rasch bekam er bei Jyttes Anblick mit ihren tollen Rundungen und herrlichem Busen wieder eine enorme Reaktion, die auch sie mit sichtlichem Interesse sah, berührte, streichelte und kräftig zwischen ihre Brüste presste, was sie wohl sehr liebte. Danach setzte sie sich auf ihn, was ihm auch sehr gut gefiel: er konnte dabei ihre Brüste vor ihm hüpfen sehen oder gar streicheln. Es war wunderschön, zwei herrliche Frauenbrüste zu umspielen, während sie sich lüstern auf ihm rieb. Durch den entsprechenden Neigungswinkel wurde sie so speziell massiert, dass sie gleich noch mal einen wollüstigen »O« bekam... Und da er selber beim zweiten Mal nie so ungeduldig war, konnte er das Liebesspiel manchmal recht lange ausdehnen.

...und da glitt sie von ihm und drehte sich kommentarlos um: oh, welch schönes Spiel! Das machte in dieser Situation besonders viel Spaß, sie von hinten zu sehen, selber wohl gebettet auf ihrem weichen Po, den sie dabei kreisen ließ und: aaahhh! Diese geile Stellung brachte ihm noch einmal eine Luststeigerung: und da war es ihm dann auch erneut gekommen, und er stöhnte und schrie..., und sie hatte es auch gerne. Und völlig durchnässt fiel er entleert und glücklich auf seine nackte Dänin, und sie kuschelten und knutschten noch ein wenig verspielt herum...

Als sie ihn hinterher zur Tür bringen wollte, kamen sie durch das Wohnzimmer, wo es sich Lilli inzwischen auf einem Sessel gemütlich gemacht hatte, auf dem ein kuscheliges hell-beigefarbenes Schafsfell lag.

»Schau mal, Danny, jetzt liegt sie da wie ein dänisches Brötchen«, zeigte Jytte auf ihre schwarze Katze auf hellem Fell.

»Wieso dänisches Brötchen?« fragte Kowalski genauso verwirrt wie schon vor Monaten Kommissar Bandura.

»Ja, weißt du, bei uns in Dänemark heißen Brötchen ,rondstykker', also direkt übersetzt ,Rundstücke'. Und wenn sie da so eingerollt liegt und schläft, erinnert sie mich an ein dänisches Brötchen«, erklärte Jytte auch Danny Kowalski, was es mit diesem flauschigen »dänischen Brötchen« so auf sich hat.

»Aha«, staunte Kowalski.

Damit trat Jytte an den Sessel, bückte sich und streichelte Lilli. Dabei murmelte sie in Dänisch: »*Jo, Lilliken, sover godt…!*« (»Schlaf gut…!«). Das verstand Lilli, die Halb-Norwegerin, sehr gut. Jedenfalls antwortete sie mit einem zufriedenen Schnurren und Knöttern aus ihrem Bauch heraus, was ungefähr so gleichmäßig und beruhigend klang, wie das Geräusch einer elektrischen Nähmaschine…

## Keine Leiche, keine Kohle...

>> *Ihr Minirock und die enge Bluse standen*
*im scharfen Kontrast zur Ruhe ihres Zimmers.*
*Eine saftige Frucht auf einem einfachen Bambustablett.*
*Er lächelte bei dem Gedanken, und sie lachte ihn an,*
*beugte sich herunter und knabberte an seinem Ohr.*
*Seine Hand strich über ihr Brüste, aber sie schob sie sanft fort.*
*»Später«, sagte sie. »Zuerst musst du dir einige Fotos anschauen.*
*Das ist japanischer Brauch. Du musst wissen,*
*mit wem du schläfst.«<<*
aus »Ticket nach Tokio« von Janwillem van de Wetering.

Natürlich gefiel Kowalski dieses so plötzliche und unerwartete Ereignis fantastisch! »Jetzt habe ich mich ins Paradies gevögelt,« dachte er jedenfalls…

Denn es war ja nicht nur ein erotisches Erlebnis sondergleichen für ihn, sondern auch ein olfaktorisches: denn in Jyttes Schlafzimmer roch es blumig, und auch die ganze Dänin duftete ebenfalls sehr verführerisch!

… dachte er insofern, weil es gleichzeitig der Eintritt und auch wieder die Vertreibung aus dem Paradies war. Denn seitdem sehnte er sich nach ihr, nach ihrer Liebe, nach ihrer Zärtlichkeit und nach der knisternden Erotik ihres verführerischen Körpers. Aber sie ließ ihn nicht mehr dran und erst recht nicht mehr rein. Nach dieser leidenschaftlichen Eruption ließ Jytte ihn einfach nicht mehr in ihr Wasserbett. Es gab ja keinen Anlass: Kowalski erlebte keine fernen Abenteuer und hatte also auch nichts Spannendes zu erzählen. »Was gäbe es für sie da noch einen Grund für Erotik, wenn keine Leidenschaft in ihr entfacht wurde...!?!«

Denn Jytte brauchte keine Austern, Schokolade, Pistazien, Kokosnuss, Spargel, Eier oder Kaviar als Nahrungsmittel, denen eine aphrodisierende Wirkung nachgesagt wird. Sie benötigte auch keine Gewürze mit anregenden Impulsen wie Chili-Pfeffer, Ingwer, Anis, Nelken, Zimt, Muskatnuss oder gar Ginseng-Wurzeln, um erotisch auf Touren zu kommen. Nein, ihr Aphrodisiatikum waren merkwürdigerweise abenteuerliche Reise-Erzählungen aus aller Welt...

Bei ihren weiteren Begegnungen, die Kowalski in seiner Freizeit natürlich wieder zu beleben versuchte, blieb sie aber immer so cool und zurückhaltend wie vorher. »Ach, der Herr von der Versicherung«, fragte sie dann mit einem schelmischen Lächeln, »bringen Sie mir meine Million?«

Nach einigen Wochen und weiteren vergeblichen Besuchen hatte Kowalski endlich die Faxen dicke und gab schnippisch zurück: »Keine Leiche, keine Kohle...!«

# 1996

# Über neun Jahre später...

*»Das schauerlichste Übel, der Tod, geht uns nichts an,*
*weil, solange wir sind, der Tod nicht da ist;*
*ist er aber da, so sind wir nicht mehr.«*
*aus »Über die irdische Glückseligkeit« von Epikur.*

Winter 1996: Seit den Ereignissen damals im Sommer und Herbst 1986 mit dem blutigen Verschwinden von Tommy Gölzenleuchtner, mit der Messerattacke auf die Katze Lilli, Kowalskis detektivischer Reise nach Kalifornien, Louisiana und Taiwan, nach der überraschenden Affäre zwischen Jytte und Kowalski, die ebenso plötzlich wieder beendet war wie sie begonnen hatte, nach den ergebnislosen Recherchen von Heinz Bandura und Julia Finkensiep von der Hagener Kripo war viel Zeit ins Land gegangen. Oder viel Wasser die Volme, Lenne, Ennepe und Ruhr hinuntergeflossen, wie der Hagener so zu sagen pflegte. Genauer gesagt, über neun Jahre.

Was war seitdem alles geschehen?
Maik Wulling war natürlich längst freigesprochen und aus der U-Haft entlassen worden. Denn es lag bei ihm weder eine eindeutige Tötungsabsicht vor, noch tauchte je die Leiche von Tommy Gölzenleuchtner auf. Wulling zog sich ganz aus Hagen zurück und schweißte mittlerweile in Castrop-Rauxel.
Alles ging wieder seinen gewohnten Gang in Hagen auf Emst im Blumenladen bei Jytte und Carola, die inzwischen mit 26 Jahren selber eine attraktive Frau geworden war.
Auch bei Kowalski und Zeterlich in ihrer Dortmunder Versicherungsfiliale war längst wieder die Routine des Alltags in ihrer Rechtsabteilung eingetreten.
Heinz Bandura war inzwischen 60 geworden, befand sich seit kurzem in Altersteilzeit und bereitete langsam seinen Abschied als Hauptkommissar bei der Abteilung für Kapitalverbrechen am Hagener Polizeipräsidium vor.
Julia Finkensiep war mittlerweile eine erfahrene 36-jährige Kommissarin geworden, die immer noch schlank war und die es inzwischen zu zwei eigenen Katzen namens Manni und Penny gebracht hat.
Kowalski wohnte immer noch in Hagen. So begab es sich eines Tages an einem

Nachmittag im verschneiten Januar 1996 auf seinem Nachhauseweg von seinem Dortmunder Versicherungsbüro, als er wie gewöhnlich an der Autobahnabfahrt »Hagen-Süd« von der A 45 abfuhr, der sogenannten Sauerlandlinie, dass er wie von Zauberhand geführt den Schlenker über Hagen-Emst machte, damit er am Blumenladen auf Emst vorbei kam...

Dort traf er nicht wie gewünscht Jytte an, sondern fand nur Carola im Laden vor, die aber immerhin auch ein recht hübscher Anblick für den immer noch ledigen Mittvierziger war. Während Carola an einem Blumengebinde herumbosselte, begrüßte sie ihn aber trotzdem herzlich mit »Tach, Herr Kowalski. Wollen Sie Blumen kaufen oder Jytte besuchen?«

»Letzteres, oder ist sie nicht da?« gestand er mit Herzklopfen. Aber Jytte beschäftigte sich wieder im rückwärtigen heißen Tropenraum mit ihren Orchideen.

»Doch, doch, ich hol sie mal grad eben aus dem Orchideen-Haus«, meinte Carola und verschwand nach hinten.

Derweil kam gerade die nette Emster Briefträgerin in den Laden und grüßte ihn nur kurz: »Ich bin heute besonders spät dran. Ich leg die Post einfach hier auf die Theke. Tachchen auch...!« Damit legte sie die Post für den Blumenladen auf die Ladentheke und ging eilig weiter. Während Kowalski wartend seine Augen durch den Laden schweifen ließ, dabei längst vergessene Düfte in sich aufsaugte, fiel sein Blick auf die Ansichtskarte aus Thailand, die ganz oben auf dem kleinen Poststapel auf der Theke lag. Darauf sah er den Ausblick auf eine lang gezogene Bucht mit einem kilometerlangen Sandstrand zwischen türkisblauem Meer und einer tropischen Küstenlinie aus Kokospalmen und Kasuarinen-Bäumen. Unten rechts stand verlockend: Khao Lak, Thailand.

»Aha«, dachte Kowalski, nahm sie neugierig in die Hand, drehte sie herum und las darauf den kurzen, aber prägnanten Satz in Dänisch:

*»Elskede Jytte*
*Har ingen penge!*
*Hilsen fra*
Darunter das vielsagende Kürzel: *»T.T.«.*

Dabei ertappte ihn Jytte und fragte erbost: »Danny Kowalski, was machst du da mit meiner Post!?«

»Schau mal, ne Karte aus Thailand.«

Sie nahm sie an sich, las und stutzte nur kurz, um dann schlagfertig zu antworten: »Ach ja, meine alte dänische Schulfreundin Tineke Trulsen.«

»Was hat sie denn?« fragte Kowalski, denn er hatte ihr immer noch nicht gebeichtet, dass er ein bisschen Dänisch konnte.

»Wie immer: sie reist in der Weltgeschichte herum, bis sie kein Geld mehr hat. Dann schreibt sie mir oder ruft an, dass ich ihr aus der Patsche helfen soll!«

»Ah, so ist das...!? Und du hilfst ihr dann auch?« wunderte er sich.

»Ja klar, sie ist doch meine Freundin!« war Jyttes schnelle Antwort.

»Und sonst?« fragte er sie, »hast du in den letzten Jahren schon mal wieder was von deinem Mann gehört?«

»Wie kommst du denn darauf?« konterte Jytte.

»Dein Mann ist ja anscheinend immer noch verschwunden...!?« erklärte er sich, »die Polizei jedenfalls informierte uns von der Versicherung letztens noch über diese Rätselhaftigkeit, dass man seine Leiche nie gefunden hat...!?!«

»Ja«, antwortete sie darauf, »die Ungewissheit ist wirklich szlimm!« Jytte benutzte dabei wieder mal ihr »sz« statt »sch«. »Ich fühle mich echt wie eine Witwe, bin es nur juristisch noch nicht. Aber de facto ist mein Mann nun schon seit neun Jahren verschwunden; und seit neun Jahren hatte ich auch keinen Mann mehr...!«

Kowalski berichtete am nächsten Tag seinem »Chefe« Zeterlich von der Karte aus Thailand, die er bei seinem Besuch bei Jytte zufällig gelesen hatte, und dass ihm danach ein gewisser Verdacht gekommen war: »Was ist, wenn die mit T.T. unterschriebene Karte nicht von ihrer Freundin Tineke Trulsen, sondern vom Travelling Tommy stammt? Denn ‚Har ingen penge’ heißt: ‚Ich hab kein Geld mehr’. Das würde doch genauso gut zu Thomas Gölzenleuchtner passen, oder!? «

Nachdem er seinem »Chefe« Bodo Zeterlich seinen Plan vorgestellt hatte, grinste dieser nur breit und meinte: »Na, Kowalski, wieder mal Urlaub machen? Steht wieder eine Fernreise an?«

Bodo Zeterlich hatte es noch allzu gut in Erinnerung, was er damals im Herbst 1986 für einen Tanz mit seinen Chefs ausfechten musste, als er Kowalski nach seinen vergeblichen Versuchen, Thomas Gölzenleuchtner in Kalifornien, New Orleans und Taipeh aufzuspüren, schließlich unverrichteterdinge wieder nach Hause zitieren musste. Zwar hatte Kowalski diese detektivischen Reisen in den Wochen seines Jahresurlaubs gemacht, sich aber verabredungsgemäß die Kosten von den Flügen zwischen den Kontinenten zurückerstatten lassen. Und damals war ja tatsächlich unfreiwilligerweise eine glatte Weltreise daraus geworden.

»Aber dieses Mal erscheint mir die Situation dringlicher«, grübelte Zeterlich, »denn damals hatte zwar Kowalski Spuren von Herrn Gölzenleuchtner aufgenommen, aber keine stichhaltigen Beweise für sein Fortleben mitbringen können. Da waren es ja auch noch 10 Jahre bis zur Auszahlung der Versicherungsprämie. Aber jetzt sind es nur noch ein paar Monate, bis die Auszahlung der Risiko-Lebensversicherung von 1.000.000,-- DM an Frau Gölzenleuchtner fällig würde, nachdem sie ihren Mann für tot erklären lassen haben wird.«

Denn im Verschollenheitsgesetz vom 4. Juli 1939 heißt es im § 1, Abs. 1, über die Voraussetzungen der Todeserklärung: »*Verschollen ist, wessen Aufenthalt während längerer Zeit unbekannt ist, ohne dass Nachrichten darüber vorliegen, ob er in dieser Zeit noch gelebt hat oder gestorben ist, sofern nach den Umständen hierdurch ernstliche Zweifel an seinem Fortleben begründet werden.*«
    Nach § 2 muss die Gattin erst einmal ein Aufgebotsverfahren beim Amtsgericht einreichen: »*Ein Verschollener kann unter den Voraussetzungen der §§ 3 bis 7 im Aufgebotsverfahren für tot erklärt werden.*«
    »Aber jetzt kommt's,« dachte sich Bodo Zeterlich, als er § 3, Abs. 1 las: »*Die Todeserklärung ist zulässig, wenn seit dem Ende des Jahres, in dem der Verschollene nach den vorhandenen Nachrichten noch gelebt hat, zehn Jahre oder, wenn der Verschollene zur Zeit der Todeserklärung das achtzigste Lebensjahr vollendet hätte, fünf Jahre verstrichen sind.*«

»Joh, Kowalski, « kommentierte Zeterlich, »80 Jahre alt ist der Herr Gölzenleuchtner noch nicht. Verschwunden isser im Juni 1986. Jetzt haben wir Januar 1996. Das heißt, wir haben noch Zeit bis zum Ende dieses Jahres. Dann könnte die Dänin ihn für tot erklären lassen und unsere Kohle abkassieren. Das würde bestimmt noch alles seine Zeit dauern, aber der Zeitpunkt der Auszahlung würde immer näher rücken. Also, Kowalski, wenn du dieses Mal Erfolg hättest, dann würden meine Chefs hier bei Milan Freudentänze machen...«

Also stimmte Zeterlich den Überlegungen Kowalskis zu: »Same procedure like last time, Kowalski? Du machst deinen geplanten Jahresurlaub im Februar, wir bezahlen die Flüge und du wieder den Rest vor Ort, einverstanden?«

»Okay, Chefe, same procedure like every year. Ich mach Urlaub in Thailand, wenn ihr mir die Flüge bezahlt. Abgemacht!«

»Na denn, Kowalski, pack deine Sachen und flieg demnächst nach Thailand, zu diesem Khao Dingsbums, wo immer das ist!«

»Khao Lak heißt das Dingsbums, Chefe,« berichtigte ihn Kowalski, »aber ich fahre gerne.«

# Teil 4 - Auswärtsspiele in Südostasien

*Gautama Buddha predigte die »vier edlen Wahrheiten«:*
*»Wir leiden, weil wir an Menschen und Dingen hängen*
*in einer Welt, in der nichts Bestand hat.*
*Wir können uns von der Begierde lossagen*
*und unsere Leiden beenden,*
*wenn wir uns weise und moralisch verhalten,*
*und wenn wir geistige Disziplin üben.«*
*(aus APA-Guides SRI LANKA)*
*In Thailand dominiert genauso wie in Sri Lanka der*
*Theravada-Buddhismus, wobei Buddha selbst eigentlich*
*gar nicht verehrt werden kann (und es auch nicht wollte):*
*er gilt als erleuchteter Mensch, aber nicht als Gottheit.*

## Khao Lak

Im Februar 1996 reiste Kowalski also zum zweiten und letzten Mal detektivisch hinter Tommys Spuren her. Denn die Frist von zehn Jahren vom Juni 1986 bis zum Jahresende 1996 war bald rum, so dass Jytte dann also Tommy für tot erklären lassen konnte.

Erst klärte Kowalski die Bezahlungs-Modalitäten für seinen detektivischen »Arbeits«-Urlaub mit seinem »Chefe« Zeterlich nach dem bekannten Muster, dass Milan die Flüge und Kowalski alles andere bezahlte. Dann fand er eine Flugverbindung mit der niederländischen »Martinair« vom Amsterdamer Flughafen Schiphol direkt zur süd-thailändischen Ferieninsel Phuket, die er für einen akzeptablen Preis pauschal buchte. Und so reiste er frohen Mutes in die Tropen: nach Thailand, ins Land des Lächelns, des Maekhong, einem braunen Reisschnaps, und des Sanuk, was thailändisch ist und für Spaß steht...

Am Phuket-Airport nahm er ein Tuk-Tuk nach Phuket Town. Unterwegs dorthin sah er Wasserbüffel am Wegesrand und seinen ersten Elefanten überhaupt, der zusammen mit seinem Mahout die Straße entlang trottete. Und er bestaunte den wunderschönen Wat Chalong mit seinen glänzenden goldenen und roten Farben auf weißem Grund, einer der vielen farbenfrohen buddhistischen Tempel in Thailand. Am Busterminal in Phuket Town nahm Kowalski einen Bus nach Norden und fuhr insgesamt 2 ½ Stunden immer entlang des Andamanischen Meeres, zum thailändischen Festland. Es war ein einfacher, aber sehr überfüllter Bus ohne Komfort, der an jeder Ecke hielt, und in dem außer ihm nur noch eine andere Touri-Frau, eine sogenannte »Falangi« saß, sonst waren da nur Thais, dicht gedrängt, oft zu Dritt auf Zweierbänken. Dafür kostete das Busticket aber auch nur 30 Baht, also ca. 2,-- DM.

Nachdem der Bus über die Sarasin-Brücke von Phuket zum Festland gefahren war, sah er nach weiteren 60 km und ungefähr zwei Stunden Busfahrt auf einem Berg links am Straßenrand das Schild »Khao Lak Lumru-Nationalpark«. Dort wollte er eigentlich schon aussteigen. Aber der Busfahrer hieß ihn, im Bus zu bleiben, weil er vorher von Kowalski informiert worden war, dass er nach Khao Lak wollte. Also fügte sich Kowalski und fuhr weiter mit dem Bus nach Norden. Und plötzlich, kurz nach dem »Khao Lak Lumru-Nationalpark«, eröffnete sich vor ihm der Ausblick auf die ihm schon von Jyttes Ansichtskarte in Hagen bekannte lang gezogene Bucht mit dem kilometerlangen Sandstrand zwischen türkisblauem Meer und einer tropischen Küstenlinie aus Kokospalmen und Kasuarinen-Bäumen. »Whow«, dachte sich Kowalski, »das sieht ja in Natura noch toller aus als auf der Karte! Das ist also Khao Lak, dann bin ich hier wohl richtig...!?«

Der Busfahrer ließ ihn an einer Stichstraße zum Meer aussteigen. Kowalski ging den Schildern »Nang Thong Bay« nach, trotz der 32° C in Schatten, trotz seines sämtlichen Gepäcks auf dem Rücken, latschte er einen langen Weg durch eine Kautschukplantage. Und dann sah er die Küste wieder, sah ein paar Bambus-Bungalows des »Nang Thong Bay-Resorts«, die eigentlich während der Saison immer ausgebucht sein sollten, hieß es in seinem Traveller-Handbuch, weil's dort so schön und so preiswert war. Aber Kowalski hatte Glück!: er bekam einen einfachen aber schönen Bambus-Bungalow auf Stelzen für sich allein, mit Blick zum Meer, im Schatten unter Kokospalmen und einem Papaya-Baum, für nur 17,-- DM pro Nacht, mit eigener Veranda, luftig in der

Nacht wegen der aus Rattan geflochtenen Wände, trotzdem einigen Komfort: mit Fan, also Ventilator, eigenem Bad mit Dusche und WC. Das war sein Bungalow. Was wollte er mehr...!

Hier im südthailändischen Khao Lak stöberte Kowalski schließlich tatsächlich eine Spur von Tommy auf. Und zwar lernte er Fritz kennen, der neben Bert einer der beiden Pioniere von Khao Lak gewesen war. Bert hatte zusammen mit seiner thailändischen Frau Nok ein eigenes Bungalow-Ressort im thailändischen Stil auf Stelzen mit viel geschwungenen Holzverzierungen errichtet. Es war teilweise in ein Binnengewässer hinein gebaut, an dem sich Schlangen, Warane und Eisvögel tummelten. Bert kam ursprünglich aus dem westfälischen Dorsten und hatte Tommy in den 70er Jahren in der Marler Disco Metro kennen gelernt. Es war eher ein Zufall, dass sie sich hier in Thailand wiedergetroffen hatten. Tommy hatte mal hier, mal dort ein bisschen gejobbt. So auch für Bert, der für seine Gäste selbstgeführte interessante Tagestouren anbot, wie z.B. in die Bucht von Phan Nga, dort mit Longtail-Booten zum James Bond-Felsen Ko Pu, das heißt »Die Nadel«. Von da ging die Tour meistens noch per Boot weiter zum Dorf der See-Zigeuner, das auf Stelzen ins Meer gebaut war. Und auf dem Festland stand abschließend eine beeindruckende Besichtigung eines buddhistischen Tempels auf dem Programm. Aber da Bert nicht alles selber machen konnte, kam ihm die Hilfe von Tommy gerade recht. Denn der konnte dann die ebenfalls bei Berts Gästen sehr beliebten Boots-Tagesausflüge mit der Ghost durchführen, einem alten Diesel betriebenen Fischerboot aus Holz, das erst in blau-weiß, später in rot-gelber Farbe an der Andamanen-Küste entlang schipperte. Zwischenzeitlich hatte Tommy auch mal die Beach-Bar »Talking Stone« des blonden flippigen Hennes aus Pforzheim geführt. Denn Hennes fühlte sich und sein Herz auf einmal dazu berufen, einer Prinzessin aus Banda Arceh auf der indonesischen Insel Sumatra hinterher zu reisen, da diese ihn mit einem reichen Scheich als Vater gelockt hatte, was ihm wohl sehr imponierte.

Und Fritz war inzwischen nach Khao Lak zurückgekehrt, um Nok, der Gattin seines auf so tragische Weise verstorbenen ehemaligen Partners Bert, bei der Aufrechterhaltung und geschäftlichen Fortführung ihres Bungalow-Ressorts zu unterstützen.

Das war auch die Brücke für Kowalski, wie er schließlich Tommy doch noch fand. Denn Fritz hatte ihm erzählt, dass ein Tommy aus Deutschland die

Bootstouren mit der Ghost leitete. Kowalski saß eines Abends auf der Veranda seines kleinen Bambus-Bungalow Nr. 102 des Nang Thong-Ressorts und genehmigte sich seinen abendlichen Reisschnaps Maekhong mit Eiswürfeln und einer Sprite. Er wusste inzwischen, dass die Tage der einfachen Bambushütten in Khao Lak leider gezählt waren, denn sie sollten rasch nach Beendigung der Saison wegen der besseren Verdienstmöglichkeiten abgerissen und gegen robuste Steinhäuser ausgewechselt werden. Von seiner Terrasse aus sah Kowalski das Einlaufen der Ghost, lief die paar Schritte barfuss bis zum Strand, kam an der Garküche von La Muang vorbei und grüßte hier, grüßte da. Und da hatte er ihn endlich und leibhaftig: Tommy war der Kapitän der Ghost und machte als letzter die Leinen am Ufer fest, damit sie nicht wieder weggetrieben wurde, wie erst letzte Tage mal...

Dort in Khao Lak jedenfalls freundete sich Kowalski mit dem lange Gesuchten an, nachdem er ihn nun endlich aufgespürt hatte. Tommy war ja auch unverkennbar, besonders in Badehose, da ihn eine dicke lange Narbe an der linken Seite zierte, wo ihn 1986 der Katzenhasser im Kampf mit dem Messer verletzt hatte. Vom Gesicht her hätte Kowalski ihn vielleicht nicht wieder erkannt, schleppte er doch das inzwischen leicht verblichene Farbfoto von Tommy mit Vollbart jetzt schon seit 10 Jahren mit sich rum. Aber hier in Khao Lak kannte unter den ausländischen Langnasen jeder jeden. Und somit wäre es auch ohne Foto schnell zu einer Begegnung zwischen Kowalski und Tommy gekommen.

Aber es kam dann so: nachdem Tommy die Ghost gut an ihren Tauen verzurrt hatte, sprach ihn Kowalski an. »Tachchen, Tommy. Der Fritz hat mir gesagt, dass ich dich hier finde. Ich bin Danny Kowalski aus Hagen und möchte gerne was mit dir besprechen.«

»Aus Hagen?« kam es erstaunt zurück, »das kenn ich. Das kenne ich sogar sehr gut. Dort bin ich nämlich ursprünglich her...!« Tommys Überraschung sah Kowalski ihm buchstäblich ins Gesicht geschrieben. Sie vermischte sich dann aber schnell mit einer Spur von Verunsicherung, als er weitersprach: »... dann kommst du womöglich von Jytte...?!?«

»Nein, nicht direkt, obwohl ich sie schon vor einigen Jahren kennen gelernt habe. Sollen wir nicht ein Stückchen am Strand entlang laufen? Dann setzen wir uns irgendwo hin. Du hast doch jetzt nach der Bootstour bestimmt Durst, oder? Ich lad dich ein.«

So gingen die beiden ein wenig in nördlicher Richtung am wunderschönen sanft zum Wasser abfallenden Sandstrand von Khao Lak entlang, jeder in seine eigenen Gedanken versunken. Kowalski mittlerweile im lockeren Tropen-Outfit: er trug einen um die Taille gewickelten königsblauen Baumwoll-Sarong mit einem Muster aus weißen Paradiesvögeln. Er ließ Tommy erst mal die Überraschung verarbeiten, dass da auf einmal jemand aus seiner Heimatstadt aufgetaucht war. Gleichzeitig hatte auch er wehmütige Erinnerungen an Hagen, wenn er an Jytte dachte, die er mal vor über neun Jahren geliebt hatte. So kamen die Zwei zur Garküche von La Muang, wo sie sich an einen freien Tisch setzten und Maekhong, Sprite, Cola und viel Eis bestellten.

»Ja Tommy, dann muss ich dir ja wohl mal reinen Wein einschenken, oder sacht man hier ‚reinen Maekhong‘? Ich bin zwar hier im Urlaub, aber ich arbeite bei deiner Versicherungsgesellschaft Milan. Hö’ ma, ich war auch schon mal im Urlaub in San Francisco, Santa Cruz und New Orleans auf deiner Spur, aber eben immer nur auf der Spur, doch jetzt sehe ich dich zum ersten Mal im Leben live von Angesicht zu Angesicht. Du bist also der verschwundene Tommy Gölzenleuchtner...!?«

Tommy hatte es schon geahnt, schluckte kurz, atmete einmal tief durch und antwortete dann, in gewisser Weise auch ein wenig erleichtert: »Oje, na ja, ‚Chok Dee!’ erst mal auf den Schrecken! Nachdem du mich jetzt gefunden hast, ist ja dann wohl eh alles egal...!? Zumindestens, was unseren kleinen Versicherungsbetrug angeht, oder...!? Dann kann ich dir ja auch gleich die ganze Story erzählen, wo du dir die Mühe gemacht hast, mir sogar in deinen Urlauben hinterher zu jagen...! Also, was willst du wissen?«

# Mord in Bangkok

>> »Soll ich dir etwas mitbringen? Seide ist billig in Bangkok.«
»Ja, eine Flasche Maekhong.«
»Was ist das denn?«
»Thailändischer Whisky. Ich weiß nicht,
woraus er hergestellt wird, aber er schmeckt sehr gut.«
»Das ist wohl das einzige, was dich interessiert!«
Vor seinem inneren Auge erschien ein orientalisches Lächeln.<<
   Detektiv Pepe Carvalho in »Die Vögel von Bangkok«
   von Manuel Vazquez Montalban.

»Tja, was will ich von dir wissen«, meinte Kowalski bei einem Glas Maekhong und Sprite: »Erst mal ‚Chok Dee!’ darauf, dass du überhaupt noch lebst«. Dabei stieß er mit dem braungebrannten Ex-Floristen Tommy an, dass die Eiswürfel nur so klackerten. Tommy hatte sich lieber für Maekhong mit Coke entschieden, so eine Art thailändischem »Cubra Libre«.

»Also was ich dich mal fragen wollte«, fuhr Kowalski fort, »wie haste das denn hier ohne Pass gemacht? Denn deiner liegt ja in euerm Haus bei Jytte auf Emst.« »Ach, das ist ne lange Geschichte«, antwortete Tommy, »ich hatte doch meinen alten Pass 1984 als gestohlen gemeldet. Erst dachte ich ja tatsächlich, dass er mir im Februar 1984 auf der Rückreise von Cuba auf dem Kölner Flughafen gestohlen wurde. Deshalb habe ich einen neuen beantragt, den ich Anfang 1985 bekam. Das war ein langer und aufwendiger bürokratischer Akt. Aber in meinem Kofferrucksack fand ich dann den alten Pass wieder. Der war da irgendwie in einen Schlitz gerutscht, was ich erst beim Großreinemachen des Rucksacks für die nächste Tour im Sommer 1985 mit meinem Freund Harry nach Norwegen entdeckte. Ja, da hatte ich auf einmal zwei Pässe. Der neue war noch bis 1995 gültig, der alte Pass zwar nur noch bis 1993, dafür hatte der ein gültiges Visum für die USA. Deshalb hab ich den alten Pass einfach eingesteckt, als ich mich 1986 so Hals über Kopf vom Acker machte, und den neuen in Hagen liegen lassen. Zuerst war ich ja ne Zeit mit dem alten Pass mit dem gültigen Visum in den Staaten, hab da nen bisken watt Kohle verdient und bin von dort aus ab 1988 gen Asien gereist, und ich habe mich schließlich hier in Thailand niedergelassen.«

Nach dieser langen Erklärung nahm Tommy erst mal einen tiefen Schluck aus seinem Glas Maekhong mit Coke, leckte sich die Lippen und fuhr dann fort: »Jedes halbe Jahr muss man hier als Ausländer auch einmal ausreisen, um anschließend regulär wieder einzureisen. Damit hat das hier schon seine Richtigkeit. Also einmal nach Malaysia oder Singapur und zurück reicht da schon. Als dann 1993 mein alter grüner Pass abzulaufen drohte, bin ich mit Bert aus Dorsten nach Bangkok gefahren. Den kenne ich übrigens von früher aus der Marler Metro, verrückter Zufall, was? Der Bert jedenfalls kennt sich hier in Thailand bestens aus. Der hat ja auch ne Thai-Frau, die Nok, und die beiden haben zwei Kinder. Also, der wusste, wo man in Thailand für relativ kleines Geld nen neuen Pass her bekommt. Da sind wir beide in ziemlich dusteren und zwielichtigen Ecken in Bangkok rumgedüst. Bei der Geldübergabe kamen wir auch kurz in eine gefährliche Situation, als plötzlich ein lauter Pfiff ertönte, jemand ‚Police‘ schrie, und alle auseinander rannten. Aber für uns ist es dann doch noch gut ausgegangen, da wir den Pass ja schon hatten und es somit auch egal war. Insgesamt hat es sich jedoch für mich gelohnt. Ich habe nen neuen Pass und heiße übrigens seitdem offiziell Thomas Heilmann. Der neue Pass hat jetzt auch den Vorteil, dass da ein Foto von mir mit ohne Bart drinne ist. Ich trug ja bis 1986 noch einen Vollbart. Den hatte ich natürlich auch auf dem Foto im alten Reisepass. Erst Ende 1986 rasierte ich ihn mir in Kalifornien unbemerkt von allen Hagenern ab. Ab 1987 hatte ich nie mehr einen Bart und trat immer rasiert auf, egal, ob als Tommy Gölzenleuchtner oder als Thomas Heilmann. Aber du kannst mich ruhig weiter Tommy nennen. Als solcher bin ich hier auch bekannt.«

Kowalski hakte interessiert ein: »Dieser Bert, von dem du erzählst, ist das der Bert, von dem hier gemunkelt wird, dass er letztes Jahr ermordet worden sein soll…?«

»Jop«, berichtete Tommy nach einem erneuten langen Zug aus seinem Maekhong-Glas, »letzten Winter war das, genauer gesagt im Dezember 1995, da fragte mich der Bert, ob ich ihn nicht begleiten könne, weil er müsse in einer heiklen Angelegenheit nach Bangkok. Da wäre es besser, wenn er nicht alleine wäre, sondern jemand dabei hätte. ‚Klar‘, meinte ich, ‚das mach ich doch gerne für dich!' Wir starteten von Takua Pa, das ist eine Stadt 30 km nördlich von hier. Unterwegs im Überlandbus nach Bangkok erzählte mir Bert seine Sorgen: ‚Ende der 80er Jahre bin ich mit Fritz aus Phuket gekommen und habe hier in Khao Lak das erste Ressort aufgebaut, nahezu aus dem Dschungel gestampft, denn es gab ja hier absolut keine Infrastruktur. Damals wurden wir noch von den Einheimischen verlacht, nach dem Motto: ‚Schaut mal, die bekloppten Langnasen…!' Aber wir waren nur die Pioniere für Khao Lak. Du weißt ja, dass es hier in der Gegend inzwischen bereits ca. ein Dutzend Ressorts gibt. Seit dieser Saison sogar auch eins von Neckermann. D.h., es wird hier wahrscheinlich in der nächsten Zeit noch richtig voll. Ergo: es gibt viel zu verdienen für die Einheimischen. Da gibt es deshalb natürlich auch immer ein paar Neider unter ihnen, die es nicht abkönnen, dass eine Langnase wie ich hier mit meinem Ressort solch einen Erfolg habe, auch wenn es offiziell über meine thailändische Frau Nok läuft…'

In Bangkok stiegen Bert und ich im Majestic Hotel an der Ratchadamnoen Klang Road ab, unweit des Hippie- und Backpacker-Zentrums Khao San Road.

Abends nach dem leckeren Essen im Sorndaeng-Thai-Restaurant am Kreisel um das Democracy Monument schlenderten wir relaxt in den umliegenden Straßen herum. Von der Ratchadamnoen Klang Road bogen wir in südliche Richtung links in die Dinso Road ab, weil wir einen nahegelegenen buddhistischen Tempel besuchen wollten. Da passierte es: wir wollten gerade kurz vor einem Klong die Gasse von links nach rechts überqueren. Bert war als erster auf der Straße. Linksverkehr in Thailand! Plötzlich rauschte von rechts mit hoher Geschwindigkeit eine dunkelblaue japanische Limousine mit getönten Scheiben auf Bert zu, fuhr ihn an, so dass er wie eine Dummy-Puppe durch die Luft segelte und ein paar Meter weiter auf dem harten Asphalt auf schlug. Der Wagen mit thailändischem Nummernschild hatte weder gebremst, noch hielt er an: er düste einfach so weiter, als ob er es auf Bert abgesehen gehabt hätte. Ich stürzte zu ihm und kniete neben ihm: ‚Gott sei Dank, er lebte noch!' Ich hob seinen Kopf auf meinem Schoß, obwohl er stark aus einer Kopfwunde blutete. Er schlug die Augen auf und flüsterte mit zu: ‚Tommy, jetzt haben sie mich doch noch erwischt, fucking…! Sag Nok: >Alles wird gut!<' Damit nickte sein Kopf zur Seite und er starb in meinen Armen: ‚Scheiße!'

Einer der thailändischen Passanten hatte die Polizei und einen Krankenwagen alarmiert, die mit Sirenen wie in amerikanischen Krimis um die Ecke gerast kamen. Aber zu spät: Bert war bereits tot; und die Killer in der dunkelblauen Limousine waren natürlich auch schon über alle Berge. Das bestätigten auch die thailändischen Passanten, die als Zeugen aussagten. Mich nahmen sie auf das Polizeirevier mit, und ich musste meine Aussage machen. Gut, dass ich mich schon mit meinem neuen – wenn auch gefälschten – Pass ausweisen konnte. Da fiel der thailändischen Polizei jedenfalls nichts zu auf. Zum Tode von Bert konnten sie mir leider auch nix Näheres sagen, ob Unfall oder Mord…?

Mit dieser Auskunft musste ich zurück nach Khao Lak, um es Nok zu gestehen, die aber bereits von der lokalen Polizei informiert war. Entsprechend gefasst war sie. Nur als ich ihr von Berts letzter Mitteilung an sie berichtete: ,Alles wird gut…!', schluckte sie einmal und sagte nur: ,Ist gut, Tommy, danke.' So als wüsste sie, was das zu bedeuten hätte…!? Ich unterstütze sie natürlich weiter und helfe ihr weiterhin mit den Boots-Ausflügen mit der Ghost. Für sie selber änderte es eh nicht viel, denn Bert war auch so vorher oft weg, wenn er geschäftlich unterwegs war. Und Nok hatte das Ressort mit den Bungalows immer schon gut alleine geführt.

Dazu kam noch die kulturbedingte Einstellung im Buddhismus, dass alles so gewollt und eh nix zu ändern war.

Die umliegenden thailändischen Landlords hatten zwar einen Ausländer weniger zu beneiden, aber gewonnen hatten sie letztlich dadurch auch nichts…«

»Boah eh, datt is ja unglaublich grausam, was die da mit dem Bert gemacht haben«, seufzte Kowalski, »schrecklich, echt schrecklich! Und ich dachte, die Lächeln hier immer so freundlich…!?«

»Ja, um das Gesicht nicht zu verlieren…«, entgegnete Tommy, »weißt du was? Ich hab jetzt nen Mörderhunger und muss erst mal was Leckeres essen. Du auch?« Damit winkte er schon La Muang zu sich, in deren Garküche direkt am Strand sie ja saßen: »La Muang, was hast du denn heute Leckeres anzubieten?«

»Alles ist leckerl hiel«, radebrechte die kleine schmale, aber herzige Thailänderin in ihrem putzigen »r«-losen Englisch, »Fish, flesh fish with Coconut is good, vely good…!«

»Na gut, für mich Fisch mit Kokosnuss. Für dich auch, Kowalski?« Da Kowalski nur nickte, ging die Bestellung von Tommy gleich an La Muang weiter: »Zweimal Fisch mit Kokosnuss, und noch mal eine Flasche Maekhong, eine Sprite, eine Cola und viel Eiswürfel.«

Tommy erklärte Kowalski: »Weißt du, früher in Kalifornien, da hab ich immer am liebsten Chinesisch gegessen. Aber ich hab ja auch in den letzten neun Jahren allerlei Veränderungen erlebt, nicht nur mit dem Essen. Jetzt schmeckt mir das Thai-Food hier tausend Mal besser als Chinesisches, besonders hier in der Garküche von La Muang. Das thailändische Essen mit der Kokosnuss-Milch ist viel delikater, einfach unübertrefflich…!«

»Ja wirklich«, antwortete Kowalski fachmännisch, »wie lecker das hier an der einfachen Garküche duftet: die Curry-Paste, das Zitronengras und der frische Ingwer vermischen sich mit der Kokosmilch zu einem göttlichen Aroma. Hhmm, echt lecker!«

Während sie auf das Essen warteten, nutzte Kowalski die günstige Gelegenheit: »Wo du gerade davon sprachst, dass in den letzten neun Jahren bei dir so viel passiert ist. Ja, was genau ist denn damals im Juni 1986 eigentlich mit dir selber so alles geschehen, als du verschwunden bist?« fragte Kowalski.

»Das war so«, räsonierte Tommy, »ich wurde ja von diesem Katzenhasser durch sein Messer an der Seite verletzt.« Er lupfte sein weites luftiges Seidenhemd und zeigte mit seinem rechten Zeigefinger auf die etwa 30 cm lange fast senkrechte Narbe an seiner linken Seite. »Danach blutete ich ja wie die Sau, obwohl ich mir mein Hemd und die Jeans auszog und die Kleidungsstücke zur Blutstillung auf die Wunde presste. Ich verlor total viel Blut und dachte, ich müsste sterben. Und da setzte irgendwas bei mir aus, als ich da so blutete und dabei dachte ,ich sterbe'!«

»Mannomann, Tommy, so war datt also in Wirklichkeit mit dem ganzen Blut…!«

»Ja, weißte Danny, wo ich jetzt durch dich eh aufgeflogen bin, da kann ich mir ja auch endlich mal ruhig alles von der Seele weg reden…«

»Ja, dann schieß mal los.«

»Also, wie gesacht: da setzte watt aus bei mir. Wie schon damals in den 70er Jahren, datt wa mal bei so nem LSD-Trip in Datteln am Kanal: da wollte ich auch schon mal umdrehen und ein neues Leben anfangen…! Dieses Mal war es ähnlich: ich wollte ein neues Leben beginnen, am besten sofort umdrehen und weggehen. Aber ich war durch den Blutverlust so schlapp, dass ich mich nur noch ins Haus und da ins Gästezimmer schleppen konnte. Noch im Gartenhaus zog ich mir die alten Gartenklamotten an, die da immer hängen, legte mich so, wie ich war, ins Bett und schlief ein. Deshalb fand mich Jytte auch erst gar nicht. Sie meinte dann später, nachdem sie mich so gefunden hatte: ‚Du musst sofort in ein Krankenhaus.'«

»Ja, und warum hat sie dich dann nicht in ein Krankenhaus gefahren?«

»Das war so: als sie mich schließlich entdeckte, meinte ich zu ihr: ‚Ach, lass mal, es geht schon wieder. Weißt du was, wir fahren jetzt zu Inger-Lise und Bjarne nach Dänemark. Die können mich wieder zusammenflicken.' Also versorgte Jytte meine Wunde erst mal notfallmäßig. Sie konnte das, denn sie hatte 1973 mal für ein halbes Jahr im Hasper Krankenhaus auf dem Mops als Praktikantin gearbeitet.«

»Aha, verstehe.«

»Jop, und so planten Jytte und ich also am Samstag, den 21. Juni 1986, mein Verschwinden: gesagt – getan…!

Wir fuhren die halbe Nacht durch, um die 675 km bis nach Vandel im dänischen Jütland zu schaffen. Das heißt, eigentlich fuhr Jytte, und ich lag nur hinter ihr, wo ich's mir auf dem Rücksitz bequem gemacht hatte.

In Dänemark kam es dann zu einer Vereinbarung zwischen Jytte und Inger-Lise. Denn Jytte wusste ja, dass die Arztpraxis ihrer Schwester und ihres Schwagers manchmal nicht so gut ging, seit sie nicht mehr in der Stadt praktizierten, sondern nur noch auf dem Dorf. Sie wusste ebenfalls, dass sie solch eine Verletzung wie meine eigentlich der Polizei melden müssten. Aber da machte sie den beiden den verlockenden Vorschlag: ‚ihr flickt ihn wieder zusammen und pflegt ihn gesund. Dann verschwindet er, und ich kassiere die Versicherungsprämie von 1 Million DM. Dann bräuchtet ihr mir dafür auch die monatlichen 750,-- DM Abfindung nicht mehr zu bezahlen.' Damit waren Inger-Lise und Bjarne einverstanden.«

»Clever, ganz schön clever, was ihr euch da ausgedacht habt…!«

»Ja schon, im Prinzip, allerdings stellte sich doch leider später raus, dass sie sich zehn Jahre gedulden mussten, weil ich dann ja erst für tot erklärt werden konnte, als Voraussetzung für die Auszahlung der Versicherungsprämie. Jytte gab mir erst einmal das gesamte vorhandene Bargeld aus unserem Privathaushalt mit. Und dann besprachen wir noch, wie ich – wenn nötig – neues Geld von ihr bekommen könnte. Ich solle sie anrufen und sagen: ‚Har ingen penge, San Francisco.' Das heißt: ‚Ich hab kein Geld'. Danach würde Jytte mir per Postanweisung Geld zum American-Express-Büro der jeweilig genannten Stadt senden.

Jytte fuhr dann allein noch am Sonntag zurück nach Hagen. Und ich verschwand über den dänischen Flughafen Billund in die USA nach Kalifornien...«

Kowalski dachte über das gerade Gehörte nach und fragte nach einer kleinen Gesprächspause schließlich: »Aber warum bist du überhaupt verschwunden? Du hast doch eine tolle Ehefrau. Und euch ging's doch auch ohne die 1 Million DM Versicherungsprämie gut...!?«

Tommy, der sich erst einmal einen tiefen Schluck Maekhong genehmigte, antwortete zögernd, als wäre er sich selber nicht mehr ganz klar darüber, was ihn damals eigentlich geritten hatte: «Ja ja, tolle Ehefrau: hört sich gut an! Sieht auch gut aus! War mir aber zu anstrengend auf die Dauer…! Ich wollte meine Freiheit. Und für Jytte wäre es auch ein passendes Arrangement gewesen, wenn sie die Million DM bekommen hätte… Ja, und dann hatte ich irgendwann den ‚Point of no return' überschritten. Von da an gab es einfach kein Zurück mehr für mich...! Aber jetzt ist ja eh alles vorbei, wo du mich gefunden hast. Und das nur ein paar Monate vor Ablauf der zehnjährigen Wartefrist, wenn sie mich für tot hätte erklären lassen können…! Eigentlich schade, denn fast hätte es geklappt und die Million wäre geflossen…!?«

»Na, schaun wa ma«, antwortete Kowalski. Er hatte inzwischen das totale Tropen-Feeling bekommen, das er sehr genoss. Es war dieses Körpergefühl, dass er durch diese laue Tropenluft gleiten konnte, die sich auch noch spät in der Nacht sanft und warm auf der Haut anfühlte. Besonders abends fand er es sehr schön, in kurzer Hose und T-Shirt nach einem langen heißen Tropentag zu relaxen. Dabei betörten ihn die Düfte der exotischen Blüten wie Hibiskus und Bougainvillea, die er sonst nur aus dem Tropen-Gewächshaus von Jyttes Blumenladen kannte…

# Teil 5 - Endspiel

*»Berlin, Berlin, wir fahren nach Berlin...!«*
*schallt es durch die deutschen Stadien,*
*wenn es im DFB-Pokal ab dem Achtelfinale*
*und Viertelfinale für die siegreichen Mannschaften*
*dem Endspiel näher kommt. Das Endspiel wurde*
*ja seit 1985 traditionell in Berlin ausgetragen, dem*
*»deutschen Wembley«, entsprechend dem englischen*
*Pokal-Endspiel, das jedes Jahr im Londoner Wembley-*
*Stadion stattfindet.*

## Zurück in Hagen

Was war in der Zwischenzeit in Hagen geschehen? Nachdem Jytte schon Jahre
vor dem Verschwinden Tommys die Erbschaft ihrer verstorbenen Eltern aus
Dänemark gemacht hatte, lebte sie mit ihrem Blumenladen in Hagen auf Emst
sehr gut. Inzwischen lief die Arztpraxis ihrer Schwester Inger-Lise und deren
Mann Bjarne in Vandel auf dem Jütischen Flachland so gut, dass die beiden
auch keine Probleme mehr mit den monatlichen Abzahlungsraten an Jytte
hatten. So herrschte weder bei Jytte privat noch in ihrem floristischen »Orchi-
deentraum« irgendwelche finanzielle Not.

Völlig unabhängig davon traf Kowalski 1996 eine gewisse Entscheidung. Er
ließ nämlich Tommy in Ruhe in Thailand weiter leben und machte nicht
einmal ein Foto als Beweis. Kowalski kehrte zwar wieder nach Hagen zurück,
meldete aber seiner Versicherung Milan nicht, dass er Tommy entdeckt hatte.
Denn nach dieser »erfolgreichen Dienstreise« hatte er das Gefühl, seine Firma
wollte ihm nach zwanzig Jahren Firmentreue auch noch die Seele klauen,

indem sie ihre Arbeit von ihm auch noch während seiner Urlaube machen ließe. Es war zwar Kowalskis eigene Idee gewesen, in seinem Urlaub Tommy für seine Firma aufzuspüren, aber als er ihn schließlich entdeckt hatte, änderte sich seine Einstellung grundlegend. Er genoss die relaxte Lebensweise in den Tropen und empfand eine große Sympathie für den Aussteiger Tommy; ja mehr noch: er entwickelte sogar freundschaftliche Gefühle für ihn. Nur deshalb fiel es ihm auch so leicht, seine sonstige loyale Haltung zu seiner Firma abzulegen und ihr zu verschweigen, dass er Tommy entdeckt hatte.

Und somit ließ er es auch zu, dass seine Firma womöglich doch noch um 1.000.000 DM erleichtert werden könnte, die sie eventuell an Jytte auszuzahlen hätten...!?

Nachdem Kowalski sich nach seinem Urlaub in Thailand bei seiner Firma zurückgemeldet hatte, musste er erst mal seine Gedanken neu ordnen, seine eigenen Angelegenheiten wieder ins Reine und womöglich sogar seinem Leben eine neue Richtung geben. Denn seine Erfahrungen mit dem fröhlichen Aussteiger-Völkchen in Khao Lak hatten sich eklatant auf seine Lebenseinstellung und Arbeitsmoral niedergeschlagen: er konnte und wollte nicht mehr so weiter wurschteln wie zuvor. Er wollte sein Leben von Grund auf ändern. Und was war die Moral von der Geschicht'?: Kowalski kündigte schließlich seine Lebensstellung bei der Versicherung...!

Erst danach suchte er mal wieder Jytte Gölzenleuchtner auf. Und siehe da: dort erlebte er ein nicht mehr für möglich gehaltenes Deja-vu-Erlebnis. Denn Jytte bat ihn nicht nur zu sich in die Wohnung, sondern fragte ihn sofort über seine letzten Abenteuer aus. Denn sie sah ihm direkt und zielsicher alleine schon an der für Februar unüblichen tiefen Hautbräune den Traveller an...!

»Ja, wo warst du denn dieses Mal, Danny, dass du so toll braun bist?«

»Ich war letztens in Süd-Thailand. Weißt du, dort in Khao Lak: du hattest mir doch erzählt, dass sich deine Freundin Tineke Trulsen da rumgetrieben hat...!?!«

»Ah ja, und hast du sie getroffen?«

»Nee nee«, erwiderte Kowalski, »und auch sonst niemanden, den du kennen würdest...!«

»Und wo kommst du dann jetzt her?«

»Gestern war ich in Dortmund bei meiner Firma...«

»Ach ja, die Versicherung«, unterbrach ihn Jytte ungeduldig.

»Ja, und dort habe ich gestern meine Kündigung eingereicht«, beichtete Kowalski ihr.

»Was...!? Das ist ja man ne Überraschung, Danny...! Na, dann erzähl doch mal, wie es da so war in Thailand? Und was du so erlebt hast?« fragte Jytte ihn sichtlich erleichtert.

So erzählte Kowalski ihr wie gewünscht von seinen Erlebnissen in Thailand, wobei er allerdings sämtliche Fakten über Tommy bewusst und tunlichst ausklammerte. Mit seinen Geschichten aus den südostasiatischen Tropen schien er sie schon gehörig in Fahrt gebracht zu haben. Als er dann auch noch über die Story mit dem »Mord in Bangkok« berichtete, war es um sie geschehen. Denn wie bei einem Deja-vu-Erlebnis lockte Jytte ihn auch dieses Mal wieder in ihr Wasserbett. Die Sehnsucht nach Zärtlichkeit, Liebe, Erotik und Sex trieb sie beide dorthin. Jytte zeigte ihm dabei ihr reichhaltiges Angebot an erotischen Spielchen, beginnend über französisch bis zur geilen Doggy-Nummer von hinten, mit Blick auf ihre schön geformten Rundungen. Nachdem sie ihre erste Lust befriedigt hatten, kuschelten sie sich zufrieden aneinander. Jytte mit ihrer hellen Winterblässe schmiegte sich an seinen abenteuerumwehten von den Tropen gebräunten Körper. Auch ihr zweiter Versuch nacheinander, ihre sexuelle Gier zu befriedigen, gefiel Kowalski immer noch fantastisch! Und er sehnte sich nach ihr, nach ihrer Liebe, nach ihrer Zärtlichkeit und nach der knisternden Erotik ihres verführerischen Körpers.

Kowalski dachte sich: »Jetzt habe ich schon mal so ne offenherzige Bettgespielin. Da frag ich sie doch gleich mal, was ich immer schon mal über Frauen wissen wollte...!?« Beim extrem erotisch angeturnten Kowalski ging dabei der Wissenschaftler mit ihm durch. »Ehem, sach ma, Jytte, beim oralen Sex, wie fühlt sich das eigentlich in deinem Mund an?«

»Hihihi,« antwortete Jytte, »oh Danny, jetzt willst du's aber wissen, was!? Hast du denn schon mal von ‚röd pölser' gehört, einer dänischen Spezialität?«

Kowalski dachte sich: »Heute ist anscheinend der Tag der Geständnisse«, und antwortete ihr spontan: »*Joh, elskede. Jeg kenner den danske specialitaet, röde pölser, og jeg forstaa dig ogsaa meget godt, hvis du snakke dansk. Fordi jeg nu har en danske veninde....*« (»Ja, Liebling. Ich kenne die dänische Spezialität, die roten Würste, und ich verstehe dich auch sehr gut, wenn du Dänisch sprichst. Denn ich habe ja jetzt eine dänische Freundin...«)

Da staunte Jytte nicht schlecht: »Danny, du sprichst Dänisch...!?!«

»Ja, ich verstehe es, und ich kann es sogar lesen.«

»Du Mistkerl!« scherzend wälzte sie sich auf ihn, »dann hast du schon immer alles gewusst, weil du mich verstanden hast, als ich am Telefon Dänisch sprach?«

»Gewusst nicht, nur geahnt«, gab Kowalski zu.

»Ja, und wieso kannst du Dänisch?«

»Ich hatte mal in den siebziger Jahren eine dänische Freundin: die Kirsten war übrigens auch eine Frau aus Jütland.«

»Na gut, du Schlingel. Wo waren wir stehen geblieben?«

»Bei den ›röde pölser›, den berühmten dänischen roten Würstchen.«

»Ach ja, im Mund fühlt sich das an wie eine warme ›röde pölser›. Das ist dann ja auch nicht eklig, sondern eher lecker. Dir einen zu blasen, gehört für mich zum Sex dazu. Ist doch schön, da du es offensichtlich sehr gerne magst. Da tue ich dir gern den Gefallen, auch wenn es mich nicht körperlich anmacht. Emotional ist es allerdings sehr befriedigend zu wissen, dass ich dich richtig verwöhnen kann. Und natürlich, dass du dann das Gleiche auch für mich tust. Denn Männer, die ihre Frau nicht oral befriedigen, aber selber von ihr einen Blowjob erwarten, sollten sich wirklich was schämen, ehrlich...!« Aber aus ihrer Entrüstung kam sie fast sofort wieder in eine alberne Stimmung, als sie nach unten fasste und kicherte: »Hhmm, röde pölser, da bekomme ich sofort wieder Appetit drauf.«

Kowalski war wirklich angenehm überrascht über ihre Offenheit, als sie nicht nur seine wissenschaftliche Neugierde befriedigte: »So ist das also bei dir...«, murmelte er ganz überwältigt vor sich hin, als sie sich eng aneinander kuschelten und Zärtlichkeiten austauschten, wie kleine Kinder Geheimnisse, wobei sie auch immer wieder plötzlich los kicherten.

»Wo wir gerade bei dänischen Geständnissen sind, kaere Jytte«, flüsterte er nach einiger Zeit des geruhsamen Kuschelns, »in Khao Lak hab ich übrigens deine dänische Freundin Tineke nicht gefunden, dafür aber jemanden, den du auch kennst...: deinen Mann Tommy!«

Jytte schien nicht gerade sonderlich überrascht zu sein: »Ups, ich hab mir schon fast so was gedacht. Na, der wird dir ja schon alles über uns und unseren Plan erzählt haben, was?«

»Ja, er hat mir alles gebeichtet, nachdem wir uns angefreundet haben. Und das wiederum hat ja schließlich auch zu meiner beruflichen Sinneswandlung insoweit geführt, dass ich bei meiner Versicherung die Brocken hingeschmissen habe... «

»Dann haben wir ja jetzt hoffentlich auch unser letztes Geheimnis voreinander gelüftet...!?« fragte Jytte.

»Ja, ich glaub schon. Aber sach mal, Jytte, warum hast du mich denn eigentlich damals vor 10 Jahren erst so total heiß gemacht, und danach so derbe und kalt im Regen stehen lassen...?«

»Ja, lieber Danny, das war so«, erklärte ihm Jytte nachträglich ihr damaliges Verhalten: »Erst hast du mich ja durch deine abenteuerlichen Erlebnisschilderungen aus Kalifornien, New Orleans und Taiwan und von deiner Reise um die ganze Erde total erregt. Das hast du ja sicherlich auch gemerkt und genossen, oder!? Ja und jetzt, wo du mir das von deiner Kündigung bei der Versicherung erzählt hast, da kann ich dir ja auch Einiges beichten. Denn ich war natürlich auch bei unserem ersten gemeinsamen leidenschaftlichen Erotikspiel mit dir total aufgeregt gewesen, weil ich wissen wollte, ob mein Plan aufgeflogen war oder nicht. Hinterher, als es klar geworden war, dass du meinen Tommy nicht gefunden hattest, und also unser Plan nicht aufgeflogen war, brauchte ich deshalb auch nicht mehr aufgeregt zu sein, wenn ich dich in Hagen wieder traf. Denn du konntest mir ja nicht mehr gefährlich werden. Meine Devise hieß demzufolge damals: Keine Aufgeregtheit, also auch keine Leidenschaft, da gibt's dann auch keinen Sex mehr, wozu auch...!?«

»Hm, so war das also damals mit dir«, entgegnete Kowalski, »und ich dachte schon, du mochtest mich nicht mehr...!?«

»Aber nein«, flüsterte ihm Jytte ins Ohr, »du merkst doch, wie sehr ich dich mag: hast du das gerade nicht gespürt, als wir uns liebten...!?«

»Doch doch, die Liebe ist schon toll mit dir...«, flüsterte Kowalski zurück und küsste seine Jytte leidenschaftlich und innig.

»Hhmmm, Danny, das ist aber schön mit dir, *mange tak*.« (»Vielen Dank.«)

»*Det var saa lidt*«, konterte Danny, was direkt übersetzt heißt: »Der war so wenig«, oder wie mache Norddeutsche auch sagen: »Da nicht für...!«

Später gingen sie zusammen ins Wohnzimmer, wo es sich die Katze Lilli wieder auf ihrem hellen Fellchen gemütlich gemacht hatte. Jytte bückte sich ganz automatisch zum Sessel und streichelte ihre Lilli. Dabei machte sie Kowalski den Vorschlag: »Streichele sie doch auch ruhig mal, Danny. Ich glaube, sie mag dich auch.« Kowalski streckte Lilli erst einmal seine Hand zum Schnuppern hin. Diese berührte ihn auch mit ihrem schwarzen Näschen vorsichtig an den Fingerspitzen, wobei sie ihre »Festplatte« durchstöberte, ob sie diesen Geruch schon kannte…? Obwohl es über neun Jahre her war, dass sie Kowalski zum letzten Mal gesehen und beschnuppert hatte, schien sie sich gerne an diesen markanten männlichen Duft aus einer längst vergangenen Zeit zu erinnern. Denn sie ließ sich von Kowalski ohne weiteres ausführlich durchkraulen. Für ihn war es allerdings auch ein schönes Gefühl, solch ein zartes flauschiges Wesen zu streicheln. Er spürte ihr behagliches Schnurren aus ihrem Bauch heraus, durch das schwarze Fell hindurch. Wohlig warf sich Lilli sodann auf ihren Rücken und ließ sich sogar den Bauch streicheln, was für sie ein Zeichen von großem Vertrauen bedeutete. Ihr Bauch fühlte sich für Kowalski noch weicher, wärmer und flauschiger an als der ganze Rest der Katze. Lilli reckte und streckte sich dabei und fühlte sich wie im »Streichelhimmel«…!

Ja, da hatte Kowalski wohl gleich die Herzen von zwei attraktiven Damen in einem Haushalt gewonnen…!?

Jytte kämpfte sich ab Ende Juni 1996, nachdem ihr Tommy zehn Jahre verschwunden war, in den darauffolgenden Monaten bis weit in das nächste Jahr hinein durch den Dschungel der deutschen Behörden, um an ihre Versicherungsprämie zu gelangen. Zunächst einmal versuchte sie, bei der Zivilabteilung des Amtsgerichtes Hagen die Todeserklärung für ihren Tommy zu beantragen.

Der zuständige Beamte Herr Miller erklärte ihr: »Moment, da schauen wir doch besser erst mal in das Verschollenheitsgesetz, bevor wir da was falsch machen. Ja, hier steht es unter § 3, Absatz 1 VerschG: ,*Eine Todeserklärung ist zulässig, wenn seit dem Ende des Jahres, in dem der Verschollene nach den vorhandenen Nachrichten noch gelebt hat, 10 Jahre verstrichen sind*'….«

»Ja, was heißt das denn nun?« insistierte Jytte energisch.

Herr Miller doziert gönnerhaft: »Das heißt, eine Todeserklärung ist dann zulässig, wenn nach dem Ende des Jahres 1986, also in dem Jahr, in dem Ihr Mann verschwunden ist, 10 Jahre verstrichen sein müssen, ohne dass ein Lebenszeichen Ihres Gatten zu bekommen war.«

»Aha«, fragte Jytte, »ja, geht das denn jetzt überhaupt? Denn mein Mann ist ja im Juni 1986 verschwunden. Muss ich deshalb mit der Antragstellung bis Ende dieses Jahres warten?«

»Ja, genau so ist es«, antwortete Herr Miller, »aber warten Sie, ich schau noch mal ins Gesetz rein. Ja, was steht denn hier im § 3, Absatz 2 VerschG: ,*Aber die Todeserklärung ist nicht möglich'*...« In diesem Moment bekam Jytte aber einen gehörigen Schrecken eingejagt. »... *bei bis zu 25-jährigen*«, ergänzte Herr Miller das Verschollenheitsgesetz.

»Aber mein Tommy war doch schon 36 Jahre alt, als er 1986 verschwunden ist«, entgegnete Jytte.

»Ja, dann geht das wohl, Frau Gölzenleuchtner. Schauen Sie, hier steht unter § 2 VerschG: ,*Ein Verschollener kann unter den Voraussetzungen der §§ 3 bis 7 im Aufgebotsverfahren für tot erklärt werden.*' Da diese Voraussetzungen für Ihren verschwundenen Ehemann erfüllt sind, müssen wir vom Amtsgericht nun ein Aufgebot bestellen, wo jeder sich melden kann, dem eventuell ein Lebenszeichen des Verschollenen bekannt ist. Außerdem wird zum Verschollenen noch einmal die Hagener Kriminalpolizei befragt; und danach wird der Fall von der Staatsanwaltschaft endgültig geprüft.«

»Aber das kann ja dann noch ziemlich lange dauern...?« fragte Jytte.

»Ach was«, antwortete Herr Miller, »in einem halben Jahr können Sie den Antrag doch schon stellen. Danach könnte dann die Todeserklärung beschlossen werden, natürlich nur unter der Vorraussetzung eines negativen Falles.«

»Was ist denn ein negativer Fall?« fragte Jytte weiter.

»Ja nun, wenn der Verschollene nicht gefunden würde, und auch niemand sich melden würde, der was von ihm weiß...: das wäre dann ein negativer Fall.«

»Aha, so ist das«, stocherte Jytte weiter, »soll ich dann also in einem halben Jahr noch mal wieder zu Ihnen kommen?«

»Ja, machen Sie das, Frau Gölzenleuchtner.«

Jytte verabschiedete sich einigermaßen verwirrt: »Ja, dann danke ich auch schön für die Auskunft, Herr Miller.«


Ein halbes Jahr später, also im Januar 1997, machte sich Jytte Gölzenleuchtner erneut von Emst auf den Weg ins Gerichtsviertel, parkte ihren Volvo auf dem großen Parkplatz hinter dem Hagener Landgerichtsgebäude, in dem sich auch das Amtsgericht befand.

»Same procedure like last year", dachte sie, als sie an der Tür von Herrn Miller klopfte, der sich sofort an sie erinnerte.

»Kommen Sie rein, Frau Gölzenleuchtner. Ist die Zeit schon rum? Na, dann wollen wir heute mal zur Sache kommen mit der Beantragung der Todeserklärung für Ihren Gatten. Letztes Mal haben wir ja schon fast alle Formalitäten im Vorfeld abgeklärt. Dann brauchen Sie hier nur den Antrag auszufüllen und zu unterschreiben.« Tatsächlich ging dieses Mal alles viel schneller. Nachdem Jytte das Formular für die Beantragung der Todeserklärung ausgefüllt und unterschrieben hatte, fragte sie ihn: »muss ich denn jetzt noch mal wieder zu Ihnen kommen?«

»Nee nee, ist nicht nötig«, grinste Miller, »erst werden Sie dann wohl noch mal von der Kripo befragt. Und wenn uns danach die Staatsanwaltschaft das endgültige Okay in Sachen Verschollenheit Ihres Gatten gegeben haben wird, werden wir das dann dem Hauptstandesamt I in Berlin mitteilen. Und da wird die vermisste Person im sogenannten ‚Buch für Todeserklärungen' eingetragen und als Todeserklärung beurkundet.«

So kam es noch einmal zu einer Begegnung zwischen Kommissar Bandura und Jytte Gölzenleuchtner. Der Kripo-Veteran besuchte Jytte im Februar 1997 und befragte sie ein letztes Mal, ob ihr Ehemann inzwischen aufgetaucht sei oder ob sie irgendwas zu seinem Verbleiben sagen könne.

»Nein, Herr Bandura«, entgegnete Jytte ihm, »ich weiß nichts Neues von meinem Mann. Er ist und bleibt verschwunden...!«

Da sich auch zum vom Amtsgericht bestellten Aufgebot in der angegebenen Frist niemand gemeldet hatte, dem eventuell ein Lebenszeichen des verschollenen Herrn Gölzenleuchtner bekannt gewesen wäre, wurde damit auch diese Hürde genommen.

Schon Ende April 1997 bekam Jytte überraschend schnell den Beschluss des Amtsgerichtes Hagen per Einschreiben zugesandt, dass die beantragte Todeserklärung für ihren Ehemann Thomas Gölzenleuchtner zum 09.04.1997 beschlossen und dieses dem Standesamt I in Berlin mitgeteilt worden sei.

Danach ging der Lauf der Dinge relativ schnell: das Standesamt I Berlin machte eine Mitteilung an die Urkundenstelle Hagen, wo Tommy ja ursprünglich auch geboren war. Die Urkundenstelle wiederum, also das Standesamt Hagen, trug diese Mitteilung in ihr Eheregister ein. Außerdem wurde die Meldebehörde, also das Einwohnermeldeamt Hagen, vom Standesamt I aus Berlin unterrichtet.

Beim Berliner Standesamt I erfuhr Jytte telefonisch, dass Todeserklärungen durch den § 33 Personenstandsgesetz geregelt waren: »*Soweit eine Person von einem deutschen Gericht für tot erklärt worden ist oder der Tod und die Todeszeit festgestellt worden ist, dürfte eine Eintragung in dem von 1938 bis heute beim Standesamt I in Berlin geführten Buch für Todeserklärungen bestehen.*« Jytte erhielt außerdem noch die für sie wichtigen Informationen, die sie zur Anforderung ihrer Todeserklärungs-Urkunde benötigte: »Sie können aus unseren Unterlagen eine beglaubigte Abschrift bei uns anfordern; die Glaubhaftmachung eines berechtigten Interesses dafür ist ausreichend. Die Erteilung von Personenstandsurkunden kann nämlich nach § 62 Personenstandsgesetz nur von Personen verlangt werden, auf die sich der Registereintrag bezieht, sowie von deren Ehegatten, Lebenspartnern, Vorfahren und Abkömmlingen. Aber das trifft ja auf Sie als Witwe sowieso zu.

Sie müssen allerdings diese Todeserklärungsurkunde schriftlich beantragen.«

Da sich die Angelegenheit auf dem Postweg erledigen ließ, brauchte Jytte nicht persönlich zu diesem speziellen »Endspiel« nach Berlin zu reisen. Nachdem sie die Todeserklärungsurkunde schriftlich auf dem ihr zugeschickten Formular beantragt und zum Standesamt I in Berlin zurück gesendet hatte, wurde ihr schon nach nur sage und schreibe vier Wochen die Bescheinigung von dort zugeschickt, in der ihr vermisster Ehemann Thomas Gölzenleuchtner für tot erklärt wurde.

Damit konnte sie nun bei ihrer Versicherung Milan in Dortmund vorsprechen, und nun endlich konnte die Auszahlung ihrer Versicherung veranlasst werden.

Diese 1 Million DM bekam Jytte schlussendlich und tatsächlich bereits Ende Juni 1997 auf ihr Konto überwiesen. Inzwischen waren genau 11 Jahre seit dem Verschwinden ihres Mannes vergangen.

Aber sie re-investierte einen Teil der Versicherungsauszahlung danach weitsichtig und großzügig wieder in ihre beiden Männer:

In den einen, damit er für immer wegblieb. Sie wollte ja schließlich den frisch erworbenen Reichtum nicht gleich wieder verlieren...

Und in abenteuerliche Fernreisen für Danny Kowalski, damit beide hinterher was davon hatten, wenn sie seine Abenteuer »erotisch verarbeiteten«. Denn Kowalski lebte fortan mit Jytte zusammen. Aber sie schickte ihren Danny regelmäßig auf Fernreisen, um ihn danach immer heiß und innig zu lieben, wenn er braungebrannt und voller abenteuerlicher Erlebnisse zu ihr zurückkam...

# 2009

# Epilog

*»Austritt ist Leben,*
*Eintritt ist Tod.«*
*50. Kapitel des 2. Buches*
*des »Tao-te King« von Lao-tse.*

Kowalskis frühere Versicherungsgesellschaft Milan hat sich später einen neuen Namen zugelegt, der an eine Zahnpasta erinnert. Dieses Namensprojekt der »Zahnpasta«-Versicherungsgesellschaft war dermaßen erfolgreich, dass sogar ein riesiges Stadion in einer westfälischen Großstadt danach benannt wurde.

Was wurde aus Emma und ihren Nachkommen in Tecklenburg-Wechte? Eins der Kätzchen hieß Münker, die anderen hießen Schygulla, Chiquita und Dickerchen. Sie sind leider alle gemordet worden: die Kätzchen wurden von einem Münsterländer-Hund des Bauern Wüstefeld gegenüber von Harry Kreuzers Haus ,geknackt'. »Nicht vom Bauern Huckriedes Hund, sondern von der Töle des Schurken auf der anderen Seite. Wirklich keine schöne Sache«, wie mir Harry Kreuzer später berichtete, »ich hätte auch am liebsten gemordet, aber den Wüstefeld. Wie in Wechte gemunkelt wurde, fing er Katzen und warf sie dann in den Hundezwinger, um die Köter darauf heiß zu machen, Katzen zu killen. Er war Jäger und konkurrierte mit den freilaufenden Hofkatzen um das Niederwild wie etwa Hasen, Kaninchen und Fasane. Rachsüchtig wie ich bin, habe ich mich später am gleichen Abend auf den Hof geschlichen und aus 25 Zentimeter Entfernung in den Zwinger gepisst. Die drei Tölen darin klinkten aus und bellten durchgeknallt die ganzen Hofbewohner wach. Ich hatte Mühe, zu unserm Haus zu kommen, bevor die Wüstefeld-Sippe ausschwärmte...«

Das war ja mal wohl ein typischer Fall von Katzenhasser!? Bloß schade, dass Tommy davon nicht viel früher Wind bekommen hatte! Denn der hätte sich in Wechte sicherlich genauso wie im Verteidigungsfall von Katze Lilli erfolgreich als Katzenrächer betätigen können: also Tabula Rasa mit der ganzen Wüstefeld-Clique!? Danach hätte Tommy auch noch einen Grund mehr gehabt, Deutschland für immer zu verlassen…!

Emma selber war ja schon eine fünfjährige Katze, als sie zu Harry und Doro kam. Als Harry 1987 von Wechte wegging, war Emma bereits zehn Jahre alt. Sie lebte dann gegenüber beim Bauern Huckriede, weil der eine große Scheune hatte, wo sie sich gerne aufhielt. Sie bekam noch den einen oder anderen Wurf Kätzchen und wurde sehr alt, obwohl sie als semi-wilde Hofkatze dort lebte, zwar geduldet war, aber nicht gefüttert wurde. Doch es gab genügend Mäuschen zu fangen.

Emma hatte sich ja auch schon vorher angewöhnt, als sie noch bei Harry und Doro lebte, ihre Jungen bei Harry und Doro abzugeben, und selber dann wieder auf Jück zu gehen, gerne halt auch in Huckriedes Scheune…

Und Harry selber? Er begann mit 33 Jahren noch mal ein neues Studium in Osnabrück und baute sich nach dem Abschluss als Historiker und Literaturwissenschaftler als freier Journalist u.a. bei der NOZ (= Neue Osnabrücker Zeitung) eine Existenz auf und lebt bis heute zusammen im Familienkreis mit seiner Doro und ihren beiden Kindern.


Was wurde aus Carlos' Kater Pele und aus seinem Hund Seemann vom Lengericher Kotten? Carlos berichtete später: »Pele ist bis zu meinem Fortgehen aus Lengerich immer ein treuer Scheunenhocker gewesen. Mein Nachfolger auf dem Kotten hat ihn auch weiterhin mit ein wenig Milch versorgt. Als ich ein Jahr nach meinem Weggang mal vorbei schaute, war Pele immer noch so schwarz, hatte aber sein halbes linkes Ohr an einen Rivalen abgeben müssen, und die ersten grauen Haare setzten sich in seinen Pelz. Seine gelben Augen aber funkelten immer noch wie Bernstein. Und wenn man ihn anschaute, dann kniff er leicht die Augen zu. Es war so wie immer, so als würde er sagen: > Du hast ja nicht die geringste Ahnung von dem, was nachts auf dem Hof los ist…<« Wenn man bedenkt, dass Katzen höchstens 20 – 25 Jahre werden, dann ist Pele jetzt schon lange tot. Das gleiche gilt sicherlich für Seemann, zumal große Hunde anfälliger für Gelenkkrankheiten sind als kleine biegsame Katzen. Ja, was wurde denn aus Seemann? Den hatte Carlos erst mit in seine Stadtwohnung nach Münster genommen, aber das ging gar nicht gut. »Denn als ein reiner Hofhund hatte Seemann ziemliche Probleme in der Stadt,« erinnerte sich Carlos über 20 Jahre später, »und umgekehrt hatten die Stadtmenschen ein Problem mit einem Hofhund. Als Beispiel war die gnadenlose Verteidigung der Wohnung zu nennen. Hier kannte Seemann überhaupt keinen Spaß. Selbst der Postbote hatte Angst, die Post durch den Briefschlitz zu schieben. Denn auf der anderen Seite lauerte eine Bestie, die jeden Moment durch den Schlitz geschossen kommen konnte und den Postboten mit einem Biss in zwei Hälften teilen würde. Also wirklich, das ging gar nicht mehr in der Stadt mit Seemann! Deshalb habe ich dann Seemann so nach ca. 5 Monaten zu einem befreundeten Bauern und Jäger zurück nach Lengerich gebracht. Ein schwerer Abschied für uns. Seemann jaulte, und ich heulte. Aber unser gemeinsamer Weg war damit zu Ende. Zwei Jahre später bin ich noch mal hin. Gott sei dank, er lebte noch! Und es ging ihm gut. Aber seine Freude über unser Wiedersehen war verhalten und kurz. Es gab halt Wichtigeres als ein Ex-Herrchen. Wie ich erfuhr, hat Seemann zwischenzeitlich alles gevögelt, was so aussah wie ein Hund und am Hof vorbei kam. Unter anderem auch den weißen Pudel der versnobten Nachbarin. Man stelle sich die Mischung vor...! Na, jedenfalls rannten in der ganzen Gegend unzählig viele kleine und mittlere Hunde herum, die alle so guckten wie Seemann mit seinen braunen Augen. Ganz ehrlich: diese Vorstellung hat mir riesigen Spaß gemacht...!«

Und Seemanns Herrchen Carlos, was wurde später aus ihm? Er wurde Kaufmann in Sachen Möbel und Design, wobei er es als Geschäftsmann und als einziger von uns Freunden schaffte, einmal den ganzen Erdball zu umreisen. Denn auf Grund seiner schlichten, aber formschönen japanischen Leuchten wurde er an der süd-japanischen Universität Fukuoka zum Ehrendoktor in Design ernannt, nutzte die Einladung dorthin, kombinierte sie mit einem Geschäftsbesuch in New York und San Francisco, und fertig war die Weltreise. Zusammen mit seiner Karla gründete er eine Familie, und sie lebten mit ihren beiden Kindern in Vreden. Er absolvierte erfolgreich eine Marketing-Ausbildung, womit er voll ins Marketing einstieg und mittlerweile drei Unternehmen coacht.

Und was wurde aus Thorsten Bülow, dem Zeugen aus Hagen-Emst von 1986? Damals war er noch alleinstehend, mittlerweile wohnt er seit 15 Jahren mit

Frau und zwei Kindern in Münster. Der junge Mann aus dem damaligen Grünflächenamt, später Umweltamt, hatte ja eine richtige Karriere auf der Überholspur hingelegt: erst studierte er von 1995 bis 2000 Wirtschaftswissenschaften an der Fern-Universität in Hagen, dann promovierte er sogar 2003 mit seinem Dr. rer. pol. Und das alles während seiner durchgehenden Beschäftigung als Beamter bei der Stadt Hagen, wo er nun seit 2003 die Abteilungsleitung im Stab des Fachbereichs Jugend und Soziales bekleidet. Damals 1987 war ja die Baumschutz-Satzung »sein Kind« gewesen. Um so mehr blutete ihm das Herz, als diese Satzung 2007 in Hagen wieder gekippt wurde…!

Und dann war da ja noch der Hagener »Rotlicht-Baron« Charly Meschede, der 1986 wegen des Verschwindens von Tommy Gölzenleuchtner kurzzeitig ins Visier der Hagener Polizei geriet, worin er sich eigentlich auf Grund seiner obskuren Tätigkeiten immer wieder befand und auch zu Recht hingehörte. Hauptkommissar Bandura als »guter Bulle« hatte während seiner Polizei-Karriere zu seinem großen Verdruss leider nie das Vergnügen, den windigen »Mesche« wegen irgendwas dranzukriegen. Dafür freute er sich umso mehr, dass er sich vier Jahre nach seinem Pensionseintritt, im zarten Alter von 69 Jahren, überhaupt keine Sorgen mehr um Charly Meschede zu machen brauchte, da sich dieser schlussendlich selber »die Kugel verpasst« hatte…! Dazu teilte die Hagener Staatsanwaltschaft und Polizei ihren aktuellen Erkenntnisstand zu den Todesermittlungen in der Eppenhauser Straße mit: »*Hagen (ots) - Wie berichtet, war der 58-jährige Hagener Kaufmann Charly Meschede am 30.09.2004 gegen 11.30 Uhr in seinen Firmenräumen in der Eppenhauser Straße mit einer Schussverletzung tot aufgefunden worden. Die noch am selben Tag durchgeführte Obduktion ergab keinerlei Hinweise auf ein Fremdverschulden. Alle Untersuchungsergebnisse sprechen für einen Suizid. Todesursächlich war ein Schuss ins Herz. Neben ihm lag eine Pistole der Marke GLOCK, 9 mm, für die er keine Waffenbesitzkarte hatte. Ein Abschiedsbrief wurde nicht gefunden. Als Motiv für den Suizid dürften die schweren Erkrankungen des 58-jährigen anzusehen sein. Weitere polizeiliche Ermittlungen sind nicht mehr erforderlich.*«

Die bundesweit bekannte Rotlicht-Größe Charly Meschede, der unter anderem auch als Finanzier des Milieus galt, hatte danach immerhin einen standesgemäßen Abgang, als der Schlagersänger Christian Anders am Grab des Bordell-Königs »Mesche« sang: »Es fährt ein Zug nach nirgendwo«.

Bandura konnte und wollte sich bei der Zeitungs-Lektüre über diese speziellen lokalen Ereignisse in seiner Heimatstadt Hagen einer klammheimlichen Freude wirklich nicht erwehren...!

Einen Kontinent weiter nach Westen wurden die Neville Brothers in der Zeitspanne dieses Romans von 1986 bis 1996 erst richtig berühmt und sind seitdem beileibe kein US-amerikanischer Insidertipp mehr, sondern das musikalische Aushängeschild von New Orleans, und sie sorgten auch in Deutschland und Europa für Furore. Sie brachten vor allem Ende der 80er und in den 90er Jahren mehrere Hits hervor, wie »Uptown« und »Live in New Orleans«, beide von 1987, das absolut geniale »Yellow Moon« von 1989, »Brother's Keeper« von 1990, »Family Groove« von 1992, »Live On Planet Earth« von 1994 oder »Mitakuye Oyasin Oyasin – All my relations« von 1996.

Aus der gleichen Stadt kommend, triumphierten die American Footballer der »New Orleans Saints« am 08.02.2010 zum ersten Mal in ihrer Geschichte, als sie im NFL-Finale des Super Bowl in Miami gegen den großen Favoriten Indianapolis Colts mit 31 : 17 gewannen. Die US-Amerikaner lieben ja Underdogs und jene, die immer wieder aufstehen, egal, wie häufig sie zuvor niedergestreckt wurden. Beides trifft auf die New Orleans Saints zu, an sich eines der erfolglosesten Teams der NFL-Geschichte. Aber jetzt gönnte es fast jeder in den USA der Stadt New Orleans, die immer noch unter den Folgen des verheerenden Hurrikans ‚Katrina' vom 31.08.2005 zu leiden hat. Denn nach ‚Katrina' wurde der New Orleans Superdome, die sonstige Heimat der ‚Saints', als Flüchtlings-Notunterkunft genutzt. Aber die ‚New Orleans Saints' krempelten nach der Katastrophe wie die meisten in ihrer Stadt die Ärmel hoch und haben sich schließlich fünf Jahre später vom Underdog zum besten Team der Liga hochgekämpft. Deshalb gaben die ‚Saints' an dem Abend des Super-Bowl-Finales im Februar 2010 ihrer Stadt endgültig den Glauben an sich selbst zurück.

Und im entgegengesetzten Erdteil, in Südost-Asien, da strandete 1997 bei einem Sturm die »Ghost«, das Boot aus dem süd-thailändischen Khao Lak, zerschellte an einem Felsen am Ufer und vermoderte als Holzwrack im Sand landeinwärts hinter dem Strand.

Die letzten drei Bambushütten im Nang Thong-Resort von Khao Lak wurden nach der Saison 1997 erwartungsgemäß abgerissen, um Platz für neue teurere Steinbungalows zu schaffen: wie schade...!

Ja, und dann war da ja auch noch der Mord in Bangkok an Bert aus Dorsten: genau der Bert von den schönen Bert & Nok-Bungalows in Khao Lak. *»Der Bert soll tatsächlich in Bangkok ermordet worden sein«*, so lauteten jedenfalls die »Buschtrommeln« unter den Touristen in Khao Lak. Wirklich, in Bangkok ermordet zu werden, ist ja nie schön...!

Wenn das mal alles keine bösen Vorzeichen für Khao Lak gewesen waren...?
   Denn am 26.12.2004 traf es die ganze Region mit dramatischer Wucht, als der Tsunami über Khao Lak hinweg rollte. Die touristische Entwicklung begann dort erst Ende der 80er Jahre durch den Pionier Bert mit einem einzigen Bungalow-Ressort. Aus einem wurden bis 1994 sechs Ressorts, und schon neideten die Thais dem Ausländer Bert seinen Erfolg. Aus zwölf Ressorts bis 1996 wurden 20 im Jahre 2000, und schließlich gab es 2004 schon 50 Anlagen: die Thais bekamen den Hals nicht voll! Dann wütete der Tsunami Weihnachten 2004 im indischen Ozean und zerstörte alles in Khao Lak: Noks Bungalows genauso wie alle anderen 49 neuen Bungalow-Ressorts...!
   Und dabei verschwand dann Tommy tatsächlich wieder einmal: dieses Mal für immer. Das geschah achtzehn Jahre nach seinem ursprünglichen Verschwinden, am zweiten Weihnachtstag 2004 in Khao Lak, als einer von 5395 Opfern in Thailand, die durch die Tsunami-Flutwellen in Phuket, Khao Lak und Phi Phi-Islands den nassen Tod fanden. Denn der Tsunami hatte zwei Wellen in Khao Lak, die eine Höhe von jeweils 10 - 12 Metern erreichten. So waren unter den Toten 2436 Ausländer und 1175 Opfer mit unbekannter Nationalität. Tommys Leiche wurde nie gefunden, denn er gehörte zu den 2481 Vermissten, wovon mindestens 1924 Thais waren. Demzufolge gab es also 557 vermisste oder verschwundene Ausländer, die wahrscheinlich die Wellen mit zurück ins Meer gerissen hatten...!?
   So hatte sich das Motto dieses Romans aus dem Jahre 1986, »Keine Leiche, keine Kohle...«, letztendlich doch noch erledigt und wurde durch die Realität spät, aber makaber, ad absurdum geführt. Und der eigentlich bereits für tot erklärte Tommy Gölzenleuchtner fand wahrscheinlich den nassen Tod im Andamanischen Meer. Geht das überhaupt, dass ein Toter stirbt...? Na

ja, auf jeden Fall hätte die Versicherung dann so oder so die 1 Million DM Versicherungssumme für ihn bezahlen müssen, wenn auch erst acht Jahre später. Somit hätte die Versicherung nur einen Zinsverlust ihrer ausgezahlten Versicherungssumme für die letzten acht Jahre zu beklagen gehabt, falls denn Tommy Gölzenleuchtner auch tatsächlich beim Tsunami in Thailand von 2004 umgekommen und seine Leiche gefunden worden wäre.

Aber in Wirklichkeit hat man die ja niemals gefunden, genauso wenig wie die Leichen der anderen 556 für immer vermissten Ausländer, die der Tsunami wegriss. D.h. theoretisch könnte der »doppelte Tote« nach dem Motto »tot + tot = lebendig« der mathematischen Formel » Minus + Minus = Plus« also vielleicht doch noch leben...!? Möglich wäre es, wenn Tommy kurz vor dem Tsunami einfach aus Thailand verschwunden wäre...!?

Jytte allerdings hatte tatsächlich eine dänische Freundin namens Tineke Trulsen. Diese arbeitete im Legoland-Kinderhort bei Billund inmitten von Legostein-Bergen. Sie war noch nie in Thailand, sondern höchstens mal pauschal mit Tjaereborg, der Firma des »flyvene pastor« (des »fliegenden Pastors«), vom Billunder Flughafen für zwei Wochen nach Mallorca geflogen, wenn ihr mal nach Abenteuer zu Mute war...

Ein anderer Däne machte dagegen eine ziemlich abenteuerliche Karriere: nämlich ein Bambusableger, den Danny Kowalski 1988 am Randbölvej 11 in Vandel ausgrub und Carlos in Münster schenkte. Das kam so: seit seinem Besuch 1986 bei Harry und Carlos verband Danny mit den beiden Freunden von Tommy so eine Art ,Bambus-Freundschaft', da diese beiden Münsterländer Jungens genauso wie er die spezielle Philosophie des Bambus mochten. Denn da er so robust wie Baustahl ist, werden Bambusstangen bestimmter Arten, die einen Durchmesser von 10 cm haben, in Südostasien auch gerne als Baugerüste verwendet, andererseits ist dieses vielseitige Naturmaterial dabei sehr flexibel. Diese Metapher ,einerseits stark und widerstandsfähig und gleichzeitig nachgiebig zu sein' kann man natürlich auch auf menschlichen Charakteristika anwenden.

Na jedenfalls, als Danny an Jytte nicht mehr ran kam, weil diese ihn nach einmaligem ,Gebrauch' verschmähte, besuchte er Pfingsten 1988 verzweifelt Jyttes Schwester Inger-Lise im dänischen Vandel, um sich bei ihr nach Jyttes merkwürdiger Reaktion zu erkundigen. Statt einer befriedigenden Antwort buddelte Kowalski dort den Bambusableger aus, der dann auf die große Reise ging: erst brachte er den jungen Bambus-Trieb zu Carlos nach Münster. Mit Carlos zog der Ableger von Münster nach Greven um. Dort teilte Danny sich einen neuen Ableger für seine Wohnung in Hagen ab, wo der Bambus erst im Wald-Vorgarten oberhalb von Hagen-Eilpe, dann nach einem weiteren Umzug auf einem Balkon in Hagen-Wehringhausen wuchs und gedieh. Dort ging es ihm so gut, dass er die Fesseln seiner hölzernen Balkonpflanzenkiste sprengte und deshalb ins Exil zu Harry geschickt wurde, der mittlerweile in Osnabrück wohnte. Dieser zog jedoch dort selber auch zweimal um. Beim ersten Mal durfte der Bambus mit umziehen, vor dem zweiten Umzug in Osnabrück wurde er bei Dannys Schwester Bär-Bel in ihrem Dattelner Garten ‚geparkt'. Von dort wiederum holte sich Danny ihn sich später für den Garten seiner inzwischen gemeinsamen Wohnung mit Jytte auf Hagen-Emst ab, wo er eingepflanzt wurde. Hier begann er nach einer Saison der Wiedereingewöhnung zu blühen und ging leider danach erwartungsgemäß ein, wie das so alle Bambusse machen, aber nicht, ohne vorher mit seinem Samen für reichlich Nachwuchs zu sorgen. Davon hatte Danny sich rechtzeitig einen kleinen Topf voller Ableger gezogen, die jetzt immer noch an die große und abenteuerliche Reise des tapferen Wikinger-Bambus über 10 Stationen in 20 Jahren erinnern…

Diesen Bambusableger im Blumenkübel auf Dannys Terrasse kannte natürlich auch die Katze Lilli, die schwarze mit dem weißen Lätzchen, die mittlerweile eine alte Katzendame geworden war, von allen anderen Katzen auf Emst hoch geachtet. Denn sie drehte auch mit ihrem Methusalem-Katzenalter von einem Viertel Jahrhundert immer noch gemächlich, aber würdig ihre Runden und hatte den anderen Katzen viel aus ihrem großen Erfahrungsschatz mitzumiauen...

# Kleine dänische Lautlehre

Für die geneigten Leser/innen, die gerne mal wissen möchten, wie sich das alles so anhört, was der Däne oder die Dänin so sagt, hier ein paar Regeln, die immer wieder vorkommen.

Es gibt da im Dänischen ein paar spezielle Buchstaben, die es im Deutschen nicht gibt:

Ein »a« mit einem kleinen Kringel oben drauf wie in »Århus«, wird auch der Einfachheit halber in der deutschen Transkription mit Doppel-a geschrieben, also: »aa«, wie z.B. in Kierkegaard. Es ist das sogenannte »Boll-aa« (gesprochen: *Boll-Oo*).

Ein »o« mit einem diagonalen Strich durch »/« wie bei der Insel »Rømø«, entspricht dem deutschen »ö«, und wird deshalb im Text auch als »ö« geschrieben, also »Römö«.

Ein aus »a« und »e« zusammengesetzter Buchstabe, wie in »Tjæreborg«, der deshalb auch im Text als »ae« geschrieben wird. Er entspricht auch dem deutschen »ä«.

Zusätzlich gibt es noch verschiedene Lautbesonderheiten:

Das »y« wird wie im Deutschen das »ü« gesprochen. Also z.B. Bullerby (sprich: *Bullerbü*), oder »hyggelig« (sprich: »*hüggelich*«), also »gemütlich«, was den Inbegriff von dänischem Wohlbefinden schlechthin meint.

Das »av« wird im Deutschen »au« gesprochen, wie z.B. in Frederikshavn (sprich: *Frederikshaun*).

Das »ig« in »mig« oder »sig« (= mich oder sich) wird wie »ai« aus gesprochen, also »*mai*« oder »*sai*«.

Das dänische »d« ist eine Mischung aus englischem »th« und einem in einem deutschen Gaumen weich gerollten »l«. So wird der dänische

National-Nachtisch »*röd gröd med flöde*« (= rote Grütze mit Sahne) lustigerweise ungefähr wie »*röll gröll mel flöse*« ausgesprochen.

Überhaupt hört sich das Dänische so an (besonders das der Jüten, also der dänischen Bevölkerung der Halbinsel Jütland, direkt nördlich der deutschen Grenze), als hätten sie beim Sprechen heiße Kartoffeln im Mund, weshalb sie scherzhaft auch als »*Kartoffel-Tysker*« (also »Kartoffel-Deutsche«) bezeichnet werden.

Das »v« wird wie »w« gesprochen, also z.B. die Jütische Stadt »Vejle« (gesprochen: »*Weile*«).

Der Ort »Vandel« (in der Nähe von Vejle) wird mit einem hellen »a« ausgesprochen, den es im Deutschen gar nicht gibt, und dahinter einem stimmlosen »d«, wird also heller als »*Wannel*«, ungefähr fast wie »*Wennel*« ausgesprochen.

# Danke für alles

Ich möchte mich bedanken bei den vielen Menschen, die tat- und ratkräftig dabei mitgeholfen haben, diesen Roman fertig zu stellen:

meiner lieben Frau Petra, die mir nicht nur den Freiraum gab, mich kreativ in meinen Romanen auszuleben, sondern mich auch beim Redigieren des Manuskriptes und durch ihre EDV-Kenntnisse in vielen Bereichen unseres PC unterstützte.

Unserer gemeinsamen schwarzen Halb-Norwegerinnen-Katze Lilli, die nicht nur diesen gefährlichen Kriminalroman überlebt hat, sondern uns durch ihr flauschiges Schnurren eine stetige Freude bereitet.

Meinen Eltern Rosel, die im November 2002 verstorben ist, und Theo Schloßer, dass sie mir die Fähigkeit der Phantasie mit in die Wiege gelegt haben, mit der ich überhaupt Romane schreiben kann.

Meinem dänischen Freund Asbjörn, der mich im dänischen Liedgut auf Vordermann brachte.

Kommissar Kaminski von der Hagener Polizei, der mich mit der juristischen Kategorie »in dubio pro reo« (im Zweifelsfall für den Angeklagten) vertraut machte.

Herrn Wilmes, Rechtspfleger in der Zivilabteilung des Hagener Amtsgerichtes, der mich in die Geheimnisse des Verschollenheitsgesetztes einweihte.

Einem Mitarbeiter des Hagener Standesamt, der mich über die Vorgehensweise bei einer Todeserklärung aufklärte.

Den Versicherungsmitarbeiter/Innen meiner eigenen Versicherung in Hamburg und Dortmund, die mir die Vorgehensweise innerhalb einer Versicherungsgesellschaft bei einer Todesfallversicherung näher brachten.

Meinem Freund Horst Troiza aus Wechte bei Tecklenburg, der mir bereitwillig die spätere Geschichte seiner Katze Emma und ihrer zahlreichen flauschigen Kätzchen und deren aller Schicksal für diesen Roman zur Verfügung stellte.

Meinem Freund Michael Bala aus Vreden, der mir stolz von den späteren Abenteuern seines Hundes Seemann und seines Katers Pele aus Lengerich berichtete, damit deren Schicksale in meinem Roman verarbeitet werden konnten.

Den Neville Brothers und ihrer Schwester Charmaine Neville aus New Orleans für ihre wunderschöne soulige Musik, die mir von CD's oder auch bei einem Live-Konzert in New Orleans viel Freude bereitet haben.

Hajo & Astrid aus Bad Zwischenahn, die mich immer mit den aktuellsten Neuigkeiten aus dem thailändischen Khao Lak auf dem Laufenden hielten.

Außerdem möchte ich mich auch bei Frau Melanie Bauer vom Layout & Lektorat meines Verlages Books on Demand bedanken, ohne deren Kreativität und engagierte Mitarbeit mein dritter Roman optisch nie so schön gestaltet worden wäre.

Allen Leser/Innen und Käufer/Innen meiner ersten beiden Bücher »Straßnroibas« und »Spätzünder, Spaßvögel & Sportskanonen«, die mich dadurch ermunterten, fleißig weiterzuschreiben.

Dieser vorliegende Kriminalroman „**Keine Leiche, keine Kohle...**" ist der dritte Teil der Danny-Kowalski-Trilogie, wovon jeder einzelne Roman natürlich auch für sich allein gelesen werden kann.

*Zu „Straßnroibas": „In Manfred Schloßers Brust schlagen zwei Herzen. Einerseits ist er - das zeigt sein jahrzehntelanges Engagement bei ein und dem demselben Arbeitgeber - überaus bodenständig, andererseits zieht es ihn aber auch regelmäßig hinaus in die Welt. Hier reist er gern abseits der ‚ausgetretenen' Touristenpfade. Mittlerweile kennt er alle Kontinente und zahlreiche Länder, das verschlossene Burma (Myanmar) ebenso wie etwa das geschundene Afghanistan. Nicht alle Reisen hat er in angenehmer Erinnerung, so machte er in Afghanistan unangenehme Erfahrungen mit einer Kalaschnikow und auf Sizilien mit einem Mafioso. Unter dem Pseudonym Danny Kowalski würzt Schloßer seine Erzählungen mit reichlich Exotik und hin und wieder auch mit prickelnder Erotik."* WOCHEN-KURIER, Januar 2010

*Der zweite Teil der Danny-Kowalski-Trilogie heißt „**Spätzünder, Spaßvögel & Sportskanonen** – Vom ersten Kuss bis zur Traumfrau - Meine Jugend hat spät begonnen": Die ersten Küsse, der erste Vollrausch, die ersten zaghaften Gehversuche im Verwirrspiel der Liebesbeziehungen: Anekdote für Anekdote lässt Manfred Schloßer sein Alter Ego Danny Kowalski die Jugendzeit nacherzählen, nacherleben.* WESTFÄLISCHE RUNDSCHAU, März 2009

Wenn Du noch mehr Abenteuer von Danny Kowalski erfahren möchtest, dann guckst Du hier auf den folgenden Seiten... ->

Manfred Schloßer:

»Straßnroibas«
Liebe – Länder – Leidenschaften

... ein autobiographischer Roman über Manfred Schloßers Alterego Danny
Kowalski, der genauso wie er während der letzten 3 ½ Jahrzehnte durch die
Kontinente gereist ist und dabei allerlei interessante und aufregende Aben-
teuer erlebte, die mit fremden Kulturen, der jeweiligen Zeitgeschichte, lustigen
Dödelkes und prickelnder Erotik gewürzt wurden.

>> Der afghanische Soldat hielt mir seine geladene Kalaschnikow gegen die
Brust und herrschte mich an: »Verschwinde!«, worauf ich mich schleunigst und
bereitwillig in die Wüste am östlichen Stadtrand von Herat verkrümelte... <<

Das Buch hat 408 Seiten mit 17 Illustrationen, von denen 13 in Farbe sind,
und ist unter der **ISBN-Nr.: 9783833483677** im Buchhandel oder im Internet
zu beziehen.

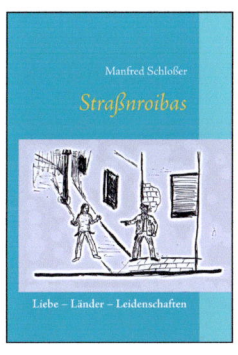

*Aus der Presse: »Liebe, Länder und Leidenschaften: Ob Indien, Thailand,
Nord- und Mittelamerika, Europa - es gibt kaum einen Ort auf der Welt, den
Manfred Schloßer in den letzten 35 Jahren nicht besucht hat...«
WESTFÄLISCHE RUNDSCHAU Hagen, Oktober 2007.*

Manfred Schloßer:

## »Spätzünder, Spaßvögel & Sportskanonen«
### Vom ersten Kuss bis zur Traumfrau: meine Jugend hat spät begonnen...

Dies ist die Geschichte von Danny Kowalski, der auszog, das Leben und die Liebe zu lernen. Als Spaßvogel und »Sportskanone« war er ein Frühstarter, aber in der Liebe ein Spätzünder... Manfred Schloßer erinnert sich an die 60er Jahre: »Während 1967 in San Francisco, im fernen Kalifornien, die Hippies sich selber zelebrierten, staunten wir nur über den ‚Sommer der Liebe', wie er verlockend für uns schüchterne Provinz-Bubis hieß. Aber woher nehmen und nicht stehlen...? Denn bei uns in Datteln, Oer-Erkenschwick und Recklinghausen, in unserer westfälischen Provinz, war von ‚Love & Peace' nicht die Rede...! In Kalifornien versicherte man sich, Blumen im Haar zu tragen, wenn man nach San Francisco kam: ‚If you come to San Francisco, be sure that you wear flowers in your hair...', gab Scott McKenzie die Parole für die Flower-Power-Bewegung bekannt. Dagegen versicherte man sich bei uns in Westfalen höchstens, ob zwischen den Blumen im Vorgarten kein Unkraut wuchs...!«

Der zweite Roman hat 368 Seiten, ist unter der **ISBN-Nr.: 978-3837032697** veröffentlicht worden und im Buchhandel oder im Internet zu beziehen.

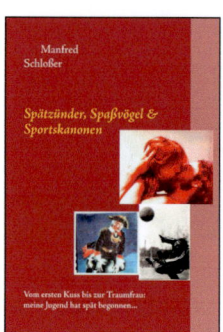

*Aus der Presse: Vom Leben und der Liebe: Der prickelnde Titel: »Spätzünder, Spaßvögel & Sportskanonen - Vom ersten Kuss bis zur Traumfrau: Meine Jugend hat spät begonnen« verspricht denn auch viel. Erzählt wird die Geschichte von Danny Kowalski, der von Westfalen auszog, das Leben und die Liebe zu lernen...*
### WAZ RECKLINGHAUSEN, *März 2009*